フィリップ・プルマン

『ライラの冒険』の科学

メアリ・グリビン／ジョン・グリビン
松村伸一【訳】

松柏社

「著名だけれども老齢の科学者が、あることは可能だと述べるとき、その人の言うことはほぼ確実に正しい。同じ人が、あることは不可能だと述べるとき、その人はかなりの確率で間違っている。」

アーサー・C・クラーク

「私、あなたをずっと探しつづけるよ、ウィル。いつでも、いつどの瞬間も。そして、いつかまたおたがいを見つけるときが来たら、しっかり抱きしめ合おうね。何も、だれも、私たちを引き離すことができないくらいに。私の原子のすべて、あなたの原子のすべて……私たちは生きつづけるの。鳥たちのなか、花々のなか、とんぼや松の木、雲のなか、それから、日差しを浴びてふわふわ漂っているのが見える、あの小さな光の粒々のなかに。もし私たちの原子が使われて、新しい命をつくるとしたらね、ひとつだけを取ることはできなくて、ふたつを取らなくちゃいけないの。あなたの原子と私の原子を。私たちはすごくしっかり結びついているから。」

【『琥珀の望遠鏡』37章「砂丘」】

凡例

- 本書は、Mary and John Gribbin, *The Science of Philip Pullman's His Dark Materials* (London: Hodder Children's Books, 2003)の翻訳である。
- 本文中には、Philip Pullman, *His Dark Materials*三部作からの引用が多数含まれている。この連作は、*Northern Lights* (1995), *The Subtle Knife* (1997), *The Amber Spyglass* (2000) という三作品から成り立っている。なお、第一作は、米国では *The Golden Compass* というタイトルで出版された。
- プルマンの同作品は、大久保寛氏による翻訳が新潮社より、『ライラの冒険』シリーズとして、各々『黄金の羅針盤』『神秘の短剣』『琥珀の望遠鏡』というタイトルで出版されている。
- 本文中では、文脈の都合上、三部作全体のタイトルを**『神の闇黒物質』**とし（既訳の『ライラの冒険』にあたる）、第一作はイギリス版に準じて（アメリカ版の『黄金の羅針盤』ではなく）**『北極光』**とした。
- なお、「闇黒物質」という訳語は、プルマン作品に登場する架空の物質 dark material（ダーク・マテリアル）を指す語として用い、物理学・天文学上の dark matter（ダーク・マター）の訳語としては「暗黒物質」という文字をあてた。いずれも音読すれば「あんこくぶっしつ」となる。
- 本文中にプルマン作品からの引用がある場合には、新潮文庫版を参照したが、本文とのつながりの関係上、もしくは単なる好みの問題などから、かならずしも既訳に従わなかった部分もあることをお断りしておく。
- 登場人物や土地、組織、アイテムなどの名称の表記は、原則として既訳に従った。ただし、物語の設定上、きわめて重要な役割を果たす dæmon という存在については、既訳の「ダイモン」という表記を採用せず、「ディーモン」とした。プルマン自身が、第一巻のはしがきに、この言葉は「英語の demon のように発音する」と明記しているためである。映画を通して原音が耳になじむ読者も多いことだろう。ただし、既訳ではあえて、古代ギリシア人が信仰した神と人との中間に位置する超自然的存在を指す「ダイモン」という訳語を選んだものと推察され、それ自体はひとつの見識ある選択と思われることは付け加えておく。
- 【　】内は訳注である。

もくじ

科学――とても短い序文　フィリップ・プルマン……10

第1章　光り輝く物質▽科学の秘密、そして輝くすべての星々……16
宇宙の素材
輝く光
虹のかなたに
ちりのような星々
宇宙のかなたの宇宙

第2章 **闇黒物質▽**隠された世界、そしてダストの本質……29
伸びる光
重力のことがわかってくる
はじめに
星くず
星だけではなく
暗いもの
暗い物質はどこにある？
ちりからダストへ

第3章 **北極光▽**空の光、そして磁力の網……44
磁力という魔法
磁気を帯びた地球
原子の内側
北極光の背後に
励起された原子
空を探検する

宇宙からの嵐

第4章 黄金の羅針盤▽真理の意味、そして無意識の精神……63

神託におうかがいを立てる
名探偵におうかがいを立てる
真実を語ることの科学
『変化の書』
『易経』におうかがいを立てる
良い知らせと悪い知らせ
すべては頭の中に
フロイトとユング
古代からの記憶
ダストに意識はあるか?
科学の魔法

第5章 別世界▽世界のかなたの世界、そして量子ネコ……85

量子世界を求めて

小説より奇なり
可能性は残されている
自分のしていることに気をつけて
混乱した原子
収縮するネコ
たくさんの世界
さまざまな世界をつくる

第6章 **神秘の短剣▽**隠された次元、そしてそれらを切る方法……105
ひもがキモ
ひもはどれほど短いか？
隠された次元
逃げ出した幽霊たち
空間を引き伸ばす
世界の中の世界

第7章 **「もし」の世界▽**選択の力、そしてバランス芸……119

どっちつかずのてんびん
天気の転機
不完全な数
傾くてんびん
決心すること
世界が分岐するとき
かぎりない可能性

第8章 **ともに生きる▽**車輪の本質、ハチドリ、そして生きている惑星……135

奇妙な協力関係
自然選択の本質
ハチの羽音を立てる鳥
鳥と花
命へと続く岩の道
二酸化炭素ポンプ
生きている惑星
ガイアの魂

第9章 琥珀の望遠鏡▽見えない光を見る方法、そして科学者の働き方……151
二重に見る
不思議な光のダンス
二重の像は消える
個性派の光
交差する光
暗闇の中で作業する
見えない光を見る

第10章 もつれ▽必要なのは愛だけ……168
光の遅さ
けっして離れることなく
光に乗って
論より証拠
もつれを発動させる
ヴードゥー爆弾
未来とは今

情報をちょビット
ライラ＆ウィル

ふたたび物語のほうへ——とても短いあとがき …… 189

ほかに読むべき本 …… 196
用語解説 …… 200
さくいん …… 205

科学――とても短い序文

フィリップ・プルマン

家では夢中になっていたのに、学校で嫌いになってしまったものはいろいろあるが、科学はそのひとつだった（もうひとつ挙げれば、音楽も）。一九五〇年代に育ったたくさんの子どもたちと同じように、私は毎週毎週、ダン・デアと宿敵メコンの冒険が載っている、あの偉大な漫画雑誌『イーグル』を読んでいた。いちばんの楽しみのひとつが、科学特集の欄で、レーダー、核分裂、ロケット推進といった物事を解説する記事が載っていた。コマ割り漫画には「ブリッテン教授」という名前の、にこやかな「博士《ボッフィン》」（昔は科学者のことをそう呼んだものだ）が登場し、彼の説明を少年少女が、場面にふさわしく、びっくり眼《まなこ》で聞くのである。私はそのすべてをむさぼるように吸収した。

それから、サウス・ケンジントンの科学博物館にもよく連れて行ってもらった。当時も今も、そこはなんとすばらしい場所なのだろう！　光電池や計算機、滑車に電子管――多くを理解したわけではないが、私はそのすべてが大好きだった。そこは興奮と不思議さと驚きを意味していた。そこは、何でも可能だという感覚、そして、宇宙は広大で、わくわくするような発見に満ちあふれているという感覚を、意味していた。

ではなぜ私は、学校で科学が嫌いになったのか？

理由のひとつには、おそらく、私が科学ファンではあるけれども、根本的には科学者でないことがあるだろう。私は物語作家なのだ。根っからの科学者なら、科学をそれ自体のために愛するものだろう。かたや私は、科学について語られる物語のために、科学を愛しているのだと思う。難しい話になるとお手上げで、数学などは身の毛もよだつ苦痛の種なのだが、いったんブリッテン教授が、重力や核放射線について、あるいは太陽系がどのように形成されているかを解説しはじめると、私はその魔法のとりことなるわけだ。

たぶん私と同じように、自分ではできないことについて、話を聞くのは好きだという人は、たくさんおられることだろう。私を含め、科学読み物を楽しむ人々は、幸運な時代に生きている。近年、科学について書かれたすぐれた文章が、とても大きな波のように、押し寄せているのだから。今は、地質学に進化論、物理学に遺伝子工学、そのほかどんな種類の科学についてでも、きらきら光るような文章で書かれた、どんなスリラー小説にも負けないくらいわくわくさせてくれる本を、簡単に見つけることができる。

現代のサイエンスライターのなかで、まさに最良の書き手に数えられるのが、メアリー・グリビンとジョン・グリビンの二人だ。私はお二人の本をたくさん読んできた。ジョンの講演を聞いたこともある。私はこの二人からとても多くのことを学んだ。彼らが『神の闇黒物質』の科学について本を書くことに関心を抱いていると耳にしたとき、私はまるで、ダン・デアがロケット飛行に私を招待してくれたのと同じくらい、ものすごい特別待遇を受けたように感じた。

ただし、彼らが何か言うことを見つけられるかどうか、不安もあった……つまるところ、私は科学について書いていたわけではないのだから。私が書いていたのは、ライラのこと、ウィルのこと、そしてコールター夫人やリー・スコーズビーやメアリー・マローンやそのほかの登場人物のことだった。たしかに私は、少しばかり科学をそこに取り入れようとしたし、取り入れるなら正しく取り入れようともしたけれども、作中ではそれはあくまでも背景として、つまり、前面でくりひろげられる物語のための一種の舞台装置として、扱われるにとどまっていた。

　並行世界《パラレル・ワールド》というアイデアを例に取ろう。いつも科学的な説明を伴っていたというわけではないが、多くの作家たちが、この着想を使ってきた。ルイス・キャロルのアリス物語は、二冊とも、アリスが彼女の世界、私たちの世界を離れて、別の世界に行くところから始まる。C・S・ルイスの『ライオンと魔女と洋服ダンス』も、まったく同じだ。だから、その基本的な考え方を用いた点では、私は特に独創的なことをしているわけではなかった。

　私がやろうとしたことは、科学を正しく取り入れることだった——ただし、科学的な目的のためではなく、物語上の目的のために。私の物語では、ライラが別の世界の存在を最初に意識するようになるのは、魔女のディーモンが彼女にその話をしてくれたときだ。その箇所で私がしようとしていたのは、別の世界が存在することを説明することではなかった——私が試みていたのは、ライラを突然襲った畏怖《いふ》と神秘の感覚を、読者に伝えることだった。また、『神秘の短剣』の中で、ウィルがシデの並木の下に開いた不思議な窓を通り抜けて、チッタガーゼの町に足を踏み入れたとき、私が読者に感じてほしかったのは、論理的な納得ではなく、驚異の感覚だった。ご覧のとおり、目的が異なるのである。

とはいえ、私は科学を正しく取り込もうとした。並行世界の場合には、そのテーマについて見つけられるかぎり、たくさんの本を読んだ。デイヴィッド・ドイッチュという、この主題についてとてもたくさんの研究を成し遂げてきた科学者の講演にも出向いた。あまり多くを理解したわけではないけれども、読者に、背景が十分にしっかりしていて、寄りかかっても倒れてしまうことはないと感じてもらえる程度には、なんとか十分にそれらの議論を吸収できたものと思いたい。私が思うに、もしあなたが物語の一部分に納得できれば、残りの部分についても、もう少し進んで信じてみる気になるのではないだろうか。それが本当だと信じてもらいたいわけでは、もちろん、ない。読者も私も、それが本当でないことは知っているのだから。それが役に立つことを信じてもらいたいのだ。私の判断基準はいつもこうだ。「私はこのことについて、あまり多くは知らないけれど、ある程度は知っている。では、小説にこれが出てくるのを読んだとして、はたしてその小説は私に、『この作家は少なくとも私と同じくらいのことは知っていて、まるっきり愚か者というわけではないな』と、考えさせてくれるだろうか?」

さて、私よりはるかに科学的な学識のある人々がたくさん、私の三部作を読んできた。おかげさまで、文句をつけたくなる箇所は、さほど多くはなかったらしい。二人のグリビンもその中に含まれる。そして彼らの読み方の結果が、この本だ。はじめてこの本を読んだとき、私は、自分がなんて頭がいいのだろうと、とほうもなく感銘を受けた。それからもう一度読み直して気づいたのは、もし私が科学的なことを正しく取り入れることができたとしたら、それはそもそも、お二人のような作家たちの仕事のおかげなのだ、ということだった。これらの難しい考えを――そのほか多くの事柄とともに――こんなに明晰に、こんなに上手に説明してくれた、書き手たちのおかげなのだ、と。

本物の科学者も科学ファンも同じように、以下に語られるあらゆる種類の事柄を、楽しんでお読みくださることだろう。そして、もし私の物語がその原因なのだとしたら、私以上にうれしい気持ちになる人は、どこにもいないだろう。

第1章　光り輝く物質▽科学の秘密、そして輝くすべての星々

「そのひとは美しく歩む、
雲ひとつない国の星空の夜のように。
明るさと暗さのいちばん良いところすべてが
そのひとの顔と瞳のなかで出会う。
こうして和らげられて、穏やかな光になるのだ。
天がけばけばしい真昼には与えない、あの光に。」
バイロン

「ライラの知識は、つぎはぎだらけだった。原子や素粒子《そりゅうし》のこと、アンバロ磁気《じき》や自然界の四つの基本の力、そのほか実験神学のところどころをかじってはいたが、太陽系についてはは何も知らなかった。実際、コールター夫人がそのことに気づいて、地球とほかの五つの惑星がどのように太陽の周りをまわっているかを説明すると、ライラはそんなの冗談でしょうと、声を立てて笑ってしまったくらいだった。

けれども、少しはものを知っていることを見せたくてならなかったので、コールター夫人が電子について語りはじめたとき、ライラは専門家のような口ぶりで口をはさんだ。『ああ、マイナスの電荷《でんか》を帯びた粒子のことですね、ちょっとダストに似ている。ただし、ダストは帯電していませんけど。』」

【『黄金の羅針盤』5章「カクテル・パーティ」】

科学は、説明可能な魔法です。もしあなたが、大昔の時代から私たちの世界を訪れた時間旅行者だったら、どちらを向いても魔法だらけだと思うことでしょう。空飛ぶ飛行機、地を走る自動車、いや冷凍食品でさえ、奇妙で、奇跡のように見えるでしょう。それらが私たちにとって奇妙な魔法でないのは、私たちが慣れてしまっているから、そしてそれらが魔法ではなく科学によって働いていることを知っているからです。大昔の時代には、人々は、虹や日蝕《にっしょく》、月蝕《げっしょく》など、自分の力ではどうにもならない物事に、ただ呆然と驚き、畏敬の念を抱きました。しかし私たちは、その背後にある科学を理解しているので、怖がったりしないのです。

フィリップ・プルマンの『神の闇黒物質』三部作で、ライラがウィルの世界（つまり私たちの世界）を訪れたとき、自動車のようなものが彼女には魔法のように見えました。一方、ライラの世界には、真理計《アレシオメーター》やダストといった、ウィルの目には魔法のように見えるものがあります。けれどもじつは、これらのものも、科学に基づいているのです。私たちがこれからお話しするのは、そういう科学、『神の闇黒物質』の科学についてです。この物語は、隠された真理を明らかにすることをめぐるお話です。フィリップ・プルマンが彼の物語の中に織り込んだ、本当に大きな魔法とは、物事を理解し、世界がどのように成り立っているかを知れば、世界は前より怖くなくなるという魔法なのです。作者が私たちに示してくれるとおり、知識や科学は、以前よりしっかりと物事を手につかんでいるという手応えを、私たちに感じさせてくれるものなのです。

ここには、冷凍ピザがどうやってつくられるかを理解するより、多くのことが含まれています。

冷凍ピザを理解することだって、かなり気が利いてはいますが、『神の闇黒物質』の背後にある理解は、宇宙全体と関わりがあります。「闇黒物質」は宇宙からやってくるからです。私たちが今話しているのは、シャツやカーテンをつくるのに使われるような種類の物質のことではありません。はるかにもっと神秘的な素材、宇宙を満たす、目に見えない物質のことなのです。

ライラやウィルやそのほかの登場人物たちが暮らしているさまざまな世界は、ダストの海に取り囲まれています。ダストは宇宙空間からそれぞれの世界の上に降りそそぐ、実在するものなのですが、人間の目には見えません。そしてまた、登場人物たち、とりわけライラとウィルは、知識の海に取り囲まれてもいます。物語が始まるときには彼らは何も知りません。けれども、冒険が進むにつれて、真理計の助けを借りて、世界についての情報を学んでいきます。

このふたつのイメージは、どちらも正しいのです。知識は実際、世界をもっと住みやすい場所にしてくれます。そして私たちの宇宙には、光り輝く星や銀河の約一〇倍にあたる、暗い物質が存在するという証拠を、天文学者たちは実際に持っています。ちょうどダストと同じように、この闇黒物質は、地球上で見つけることができるどんなものにも、似ていません。それは、あなたの体をつくっている種類の原子や分子から、できているものではありません。あなたが呼吸する空気や、あなたが触れたり見たりしたことのあるどんなものからも、できているものではありません。けれども、宇宙の中の闇黒物質について学ぶことができるようになる前に、私たちはライラと同じように、まず原子や電子といった物事について知らなければなりません。そして、ライラとは違って、私たちは宇宙空間で——私たちの太陽系（本当は六つでなく、九つの惑星が含まれますが）ばかりでなく、惑星群のかなたの恒星や銀河でも——何が起こっているかについて、かなり多くのことを知っています。

宇宙の素材

原子とは何でしょうか？　原子とは、いつも動き回っていて、たがいにぶつかって跳《は》ね返ったり、時にはくっついて分子をつくったりする、微細な粒子です。原子の発見は、科学全体を通して、最も重要な発見です。ひとつの原子は、直径およそ一億分の一センチメートルしかなく、そのため、郵便切手のぎざぎざした縁取りのふたつの「歯」の間のすき間を埋めるには、一〇〇〇万個の原子を並べなければなりません。あなたが命を保つために吸い込む酸素分子は、結合したふたつの酸素原子からできています。酸素分子は、ただおとなしく空気中にふわふわ浮かんで、あなたがやってきて吸い込んでくれるのを待っているわけではありません。その速度はといえば、最速の一〇〇メートル短距離走者の五〇倍の速さで進むことができます。しかも、止まって休むことはないのです。

空気中の酸素分子は、秒速約五〇〇メートルで動きます。もし一直線に進んだとすれば、一分間に三〇キロメートル進むことができるでしょう。けれども、酸素分子がそれほど遠くまで進む見込みはありません。かならず、空気中にあるほかの分子とぶつかってしまうからです。衝突と衝突の間に進める距離は、平均で、たったの一〇〇万分の一四センチメートルです。分子同士は、とても近くにあるために、一秒間に三五億回、ほかの分子と衝突してしまうのです。ということは、一分間では、二一〇〇億回となります。あとはどうぞご自由に、何回になるか計算してみてください。一日では、一週間では、一世紀では、と。

原子は、元素と呼ばれるさまざまな物質の種類に対応して、さまざまな種類に分かれます。地球上で自然に発生するものとしては、九二の異なる元素（酸素や金や、コンピュータ集積回路に用いられるシリコンなど）があります。それぞれの元素は異なる種類の原子に対応しているので、これはつまり、九二の異なる原子の種類があることを意味しています。私たちが日常生活で経験するすべてのことは、これら九二種類の原子がさまざまなやり方でたがいに相互作用しているおかげなのです。原子でできている、あなたの周りや宇宙のあらゆる場所にあるすべてのものは、バリオン物質と呼ばれます。

輝く光

原子は、熱を帯びると、光の形でエネルギーを放射します——原子は輝くのです。日中あなたを取り巻く白色光は、虹のすべての色が混ぜ合わされて、できています。虹の中では、それらの色は分光されて、スペクトルをつくります。プリズムと呼ばれる三角形のガラスに、光を通すことで、同じようなスペクトルをつくることも可能です。太陽の出ている日に窓辺にプリズムをつるしておくと、それは壁に踊る虹のパターンをつくり出します。虹のパターンは、光がプリズムを通るときに光が曲がることによって、つくられます。それぞれの色は、少しずつ異なる分だけ曲がるので、それぞれの色の光に分かれて広がるわけです。まったく同じことが、雨粒の中で起こって、虹をつくります。雨粒が小さなプリズムのように働くのです。

一九世紀最大の科学上の発見のひとつが、それぞれの種類の原子は特定のやり方で光を放ち、光の虹色のスペクトルに独自の貢献をしている、ということでした。それは隠された真理の一例です。

虹に含まれるすべての色は、輝く原子から発する光によってつくられています。ナトリウム原子は、黄色い光を放って、とても明るく輝きます。街灯の中のガスに含まれるナトリウム原子は、電気からエネルギーを受けて、それを黄色い光へと変えます。そういう種類の黄色い光を見るたびに、あなたは、たとえそれに触れることはできなくても、ナトリウムがそこにあると、知ることができるのです。もし誰かが普通の食塩を火の中に投げ込むところを見れば、「街灯」と同じ黄色い光がパッと光るのが見えることでしょう。それは、食塩の分子が、塩素原子と結合したナトリウム原子でできているからです（食塩を表わす化学的名称は、塩化ナトリウムです）。

虹のかなたに

地球上で、化学者たちがあらゆる種類の原子が発する光を研究し、それらがスペクトルに貢献する正確な色を測定できるようになりました。ひとつの小さな魔法は、科学となりました。天文学者はこの魔法を宇宙空間へと持ち出すことができます。彼らは、太陽やほかの恒星からやってくる、さまざまな色の光の強さを測定します。そうすることで、彼らはそれらの星がどんな物質からできているのかを、宇宙空間に乗り出すことなく、推測することができるのです。ほんの二〇〇年前なら、そんなことは魔法のように見えたことでしょう。じつは、恒星が何でできているのかは、もうわかっているのです。たとえその恒星から発した光が、私たちのもとに届くまでに、何百年、何千年もかかるくらい、その恒星が遠くにあるとしても。

スペクトルという科学の魔法は、すべての恒星が――宇宙の中で私たちが目にすることができるすべてのものが――私たちがつくられているのとまったく同じ原子でつくられているということを示しています。それらはすべてバリオン物質なのです。

ちりのような星々

私たちにとって太陽は大きく明るく見えます。私たちはそれを昼の光の中で見ることができ、夜には見ることができません。けれどもそれはごく普通の恒星です。太陽は、直径が地球の約一〇九倍で、地球の約三三万倍の量の物質を含んでいます。太陽が光を放つのは、その内部の深いところで、ひとつの種類の原子（水素）が別の種類の原子（ヘリウム）に変えられつつあるからです。この過程は、核融合と呼ばれます。軽い原子が融合するとき、その原子はエネルギーを解放します。

すべての恒星は、同じようなやり方で、光を放ちます。
太陽が私たちにとても明るく見えるのは、それが、宇宙的な規模で言うと、とても近くにあるからです。地球は、太陽から約一億五〇〇〇万キロメートル離れて、その周りを一年間に一周します。月と地球の距離に比べれば、それはほぼ四〇〇倍の遠さです。けれども全宇宙の中では、ほんのお隣さんと言えるでしょう。

他の恒星も、太陽とまったく同じくらいの明るさがあります。中には、ずっと明るいものもあります。けれども、特別明るい恒星でも、地球からとても遠く離れているせいで、私たちにはかすかにしか見えないのです。もしあなたが巨大な焚き火の近くに立てば、それは大きく明るく見えます。けれども、もしあなたが数キロメートル離れた丘の上に立って、同じ焚き火を見下ろせば、それはちらちら光るちっぽけな炎のように見えることでしょう。恒星についてもまったく同じで、ただその距離が、数キロメートルとは比べものにならないくらい、大きいわけです。全宇宙的な基準からすれば私たちにかなり近い恒星でも、太陽より何十万倍も離れています。そして、何千という恒星は、とても遠く離れているので、それらは望遠鏡なしにはまったく見ることもできないくらい、弱い光に見えるのです。

月のない暗い夜に、町の光から遠く離れれば、空を横切る白い光の帯を見ることができるでしょう。これは天の川《ミルキーウェー》と呼ばれます。望遠鏡で調べると、天の川は、空を横切って散らばる白いちりの帯のような、何億もの恒星からできていることがわかります。太陽は、天の川銀河《ミルキーウェーギャラクシー》の恒星のひとつです。この天の川銀河は、たくさんの恒星でできた円盤のようなもので、巨大な目玉焼きにちょっと似た形をしています。それはあまりにも大きいので、端から端まで光が届くのに、十万年の月日がかかります。光は一秒間に三〇万キロメートル、一年間に九兆五〇〇〇億キロメートル進むというのに、です。光が一年間に進むこの膨大な距離は、光年《こうねん》と呼ばれます。もしあなたがこれらの恒星のひとつに、今私たちが太陽の近くにいるのと同じくらい近づけば、それは太陽と同じくらい大きく明るく見えることでしょう。天の川銀河には、太陽と同じような恒星が、何千億もあります。

宇宙のかなたの宇宙

けれども、これで話は終わりではありません。一九二〇年代まで、天文学者たちは天の川銀河が大宇宙の全体、存在するもののすべてであると考えていました。それからまだ百年も経ってはいません。その頃から、以前より大きくて優れた望遠鏡がつくられて、大宇宙《コスモス》をさらに遠くまで見ることができるようになりました。天文学者は、天の川のかなたに、たくさんの別の銀河が、宇宙空間の海に浮かぶ島のように、存在することを知りました。ある意味では、それらは別の宇宙のようなものです。もっとも、フィリップ・プルマンが書いた種類の、別の宇宙ではありませんが。

これらの銀河から届く光は私たちに、それらもまたごく普通の恒星からできていて、地球や太陽に存在するのと変わらない、ごく普通の原子からできていることを教えてくれます。私たちの天の川は、平均的な大きさの銀河です。天の川のかなたに、大宇宙は何千億という銀河を含んでおり、そのそれぞれが何千億という恒星を含んでいます。あらゆる銀河の中のあらゆる恒星の中にある、このすべての明るい物質は、バリオン物質です――それはすべて原子でできているのです。今私たちが目にしている光が、もとの恒星を離れたとき、地球はまだ恐竜時代も迎えていなかったくらい、遠く離れたところにある銀河でさえ、すべてバリオン物質からできています。私たちをつくっている物質、私たちが触れるすべてのものをつくっている物質と、まったく同じように。

このすべては、私たちの種類の魔法です。私たちが住む世界の、科学という魔法です。フィリップ・プルマンの「闇黒物質」は、異なる種類の魔法、著者が面白い物語をつくるために発明した、純粋なファンタジーだと思われるかもしれません。けれども、驚くべきことに、この闇黒物質もまた、私たち自身の世界の科学という魔法の一部なのです。これはとても驚くべき話なので、それだけで一章を割くに値します。

第2章　闇黒物質▽隠された世界、そしてダストの本質

「天と地にはな、ホレイシオ、おまえの哲学の中で夢見られるより、多くのことがあるのだ」

ウィリアム・シェイクスピア『ハムレット』

「暗黒物質は、私の研究チームが探しているものよ。それが何なのかは、誰も知らないわ。宇宙には、私たちの目に見えるより多くのものがあるということ、それが大事な点なの。星や銀河や輝くものは見ることができるけれども、そのすべてが、一緒のまま、ばらばらに飛んでいかないようにするためには、どうしても、もっとたくさんのものがなければならない——つまり、重力が作用するためには、ね。でも、誰もそれを見つけられない。それで、たくさんのいろんな研究プロジェクトがあって、それが何なのか見つけようとしているわけ。このプロジェクトもそのひとつなのよ。」

【『神秘の短剣』4章「穿頭」】

ウィルの世界の物理学者メアリー・マローンがライラに説明するとおり、宇宙には見た目だけでは計り知れないことがあります。あるレベルでは、闇黒物質とは、ダストです——私たち自身の世界と同様、ライラの世界でも、目には見えないけれども、現実にそこにあるものです。けれども、これはまた、別の種類の暗いもの——すなわち、隠された知識、そしてコールター夫人と総献身評議会《ジェネラル・オブレーション・ボード》のような、秘密裏に自分たちの計画を実行する、隠された勢力——を表わすメタファー（隠喩）でもあります。そして、彼らでさえ、いっそう深いレベルで本当に何が起こっているかは、わかっていません。それはちょうど、人形の中に別の人形が、さらにその中にも人形が入っていて、中心からとても小さな人形が出てくる、あなたも手に入れることができるあのロシアの人形セットのようなものです。

私たちの宇宙もまた、少しそれに似ています。天文学者が空を見て、望遠鏡を用いて恒星や星雲を研究しはじめたときには、彼らは、この光り輝く物質すべてこそが、本当に大事なものなのだと考えていました。けれども、二〇世紀の後半、今を去ること五〇年にも満たない時代に、彼らは自分たちが間違っていることに気づいたのです。彼らは、大宇宙には、すべての光り輝く物質を集めたよりも、一〇倍も多くの暗黒物質があることに、気づいたのです。

それは氷山のようなものです。海に浮かぶ氷山を見るとき、それは大きく白く光り輝いて見えます。けれども実際には、その一〇倍もの大きさの氷が、水の下、あなたの目には見えない暗闇の中に隠されて、存在しているのです。これがダスト――物語に出てくる闇黒物質――の背後にある考えです。とはいえ、この暗い物質を目で見ることができないとしたら、天文学者はどうやって、それがそこにあることを知るのでしょうか？

伸びる光

あなたが天文学を十分に知っていれば、ほかの銀河からやってくる光は、それらの銀河が何でできているかという以上のことを、教えてくれます。それらの銀河がどのように動いているのかも、教えてくれるのです。天文学者たちは、特殊な検出器を用いて、遠い銀河から来る光を測定します。ちょうど、アスリエル卿が特殊な検出器を用いて、ダストを写真に撮るように。彼らがどうやってそれをするのか、もしあなたが知らなければ、彼らが発見するいろいろなことは魔法のように見えることでしょう。けれどもそれは、本物の科学なのです。

あるものが私たちに向かって移動してくるとき、そこから発する光のスペクトルは圧縮されます。あるものが私たちから遠ざかるときには、スペクトルのパターン全体が引き伸ばされます。ちょっとスリンキー・スプリング【日本ではかつて「トムボーイ」という商標で売り出されていた、階段を下りるバネの玩具】に似ています――あなたがそれを引っ張れば、長くなりますが、圧《お》してまとめれば、小さく圧縮されます。

同じことが音にも起こります。消防車があなたに向かって猛烈な勢いで走ってくるとき、そのサイレンの音は圧縮されて、その圧縮のせいで、サイレンの音程は高くなります。それが遠ざかっていくときには、音は引き伸ばされるので、音程は低くなります。こういう科学の魔法の知識がある人なら誰でも、消防車が通り過ぎるときに、その音程がどのくらい変化するかを測定することによって、その消防車がどのくらいの速度で走っていたかを測ることができるでしょう。天文学者は、どのくらいの速度で銀河が移動しているかを測定するのに、まったく同じ種類のワザを使うことができます。それらの銀河が私たちから何百万光年離れていようとも、彼らはこれをすることができるのです。そして、この引き伸ばされた星の光こそが、私たちに、大宇宙は本当に闇黒物質に満ちていることを、教えてくれるのです。

重力のことがわかってくる

銀河は集まって、銀河団と呼ばれるグループを形成しています。ちょうど群れの中で羽音を立てて飛ぶハチのように、銀河は銀河団の内側をあちこち動き回ります。けれども、どの銀河団もたがいに遠ざかるように移動しています。たくさんの異なるハチの群れが、あちこちの方向に散らばっていくかのように。大宇宙全体が、膨張しているのです。とはいえ、もしそれらの銀河団がどんどんたがいに遠ざかっているとすれば、それはつまり、昔はそれらがもっと近くに寄り集まっていたということになります。もしあなたが高速幹線道路一号線【ロンドンとイングランド北部とを結んで南北に走る、イギリスの主要幹線道路】を北に向かって移動する車の中にいるなら、あなたはどんどんロンドンから遠ざかっています。したがって、あなたは出発時点では、もっとロンドンに近いところにいたに違いありません。もしロンドンから外へと向かって移動するたくさんの自動車があったとすれば、その自動車はみなロンドンから出発したことを意味するでしょう。その自動車がどのくらいの速度で移動しているかがわかれば、あなたはそれらの車すべてがいつ出発したかを計算できることでしょう。

まったく同じやり方で、銀河団のすべてがどのくらいの速さでたがいに離れていっているかを測定することによって、もともとすべてのものがひとつの場所に積み重なっていたときから、いったいどのくらいの時間が経っているのかを、天文学者は、逆算することができます。私たちが今日、膨張する宇宙の中に見ることができるすべてのものは、一四〇億年前よりも後に、ひとつの地点、ひとつの時点から広がり始めたのです。これはビッグバン（大爆発）と呼ばれています。これを研究する種類の天文学者は、宇宙学者《コスモロジスト》と呼ばれます。ビッグバンと膨張宇宙のことを理解するには、長年にわたる研究が必要です――幸い、そんなに頭を酷使しても、たいていの宇宙学者は、『北極光』で熊のイオファー・ラクニソンによって牢獄に閉じ込められた宇宙学者ジョーサム・サンテリアみたいに、頭がおかしくなったりしてはいませんが。

大宇宙が生まれたビッグバンのときの様子を、私たちはどうやって知るのでしょう？ すべての銀河、すべての恒星、ひいてはすべての原子が一点に集まっていき、最後にはそれらが空間と時間のただ一点に積み重なるような、逆方向に流れる時間を想像することによって、宇宙学者たちは、ビッグバンのときに物事がどのようになっていたかを理解できます。それはちょうど、映画のはじまりをさがして、早送りでヴィデオを巻き戻すようなものです。もしその映画で、建物が解体作業の専門家たちの手で爆破されるところが映されていたとすれば、巻き戻しの映像は、すべての煉瓦《れんが》が集まって、ひとつの建物となるところを映し出すことでしょう。

はじめに

宇宙学者にはビッグバンの映画はありません。けれども彼らは、そのとき何が起こったかを推察することができます。何が起こったかを彼らが知っているのは、物理学者たち、つまりメアリー・マローンのような人々が、加速器という巨大な機械の中で粒子のビームを衝突させることによって、とても熱いエネルギーの小さな泡をつくることができるからなのです。その中で、粒子は光速にきわめて近い速度で動き、たがいに正面衝突するのです。

世界最大の加速器は、ジュネーヴ近郊にある欧州原子核共同研究所（略称CERN《セルン》）にあるものと、シカゴ近郊にあるフェルミ研究所にあるもののふたつです。まず物理学者たちは、加速器の中に、エネルギーの泡をつくります。次に、きわめて感度の高い検出器を用いて、どのようにしてエネルギーが物質的な粒子に変わるかを観察します。これは、科学の最も驚くべき発見のひとつです。もし太陽の光のような、ただしはるかにはるかに強くて純粋なエネルギーがあれば、それを物質的な粒子に変えることができるのです。まさにそのようにして、私たちをつくっている物質は、できたのです。宇宙学者たちは、どのくらいのバリオン物質、つまり植物や惑星や私たち自身をつくっている種類の原子が、ビッグバンのときにつくられたのかを、実際に算出することができます。そしてこれこそが、大宇宙にはどのくらいの闇黒物質が存在するかを知る、手がかりとなることがわかるのです。

そもそも時間というものがはじまるとき、つまりほぼ一四〇億年前には、大宇宙はとても高温だったので、原子も分子も存在せず、ただ純粋な熱エネルギーでできた火の玉のようなものでした。ビッグバンのときには、私たちの目に見えるすべての恒星と銀河、そしてさらに多くのものの材料を十分つくり出してしまうほど、とても大きなエネルギーが存在したのです。

星くず

ビッグバンから生まれた原子は、ほとんどすべて水素とヘリウムでした。これらは最も単純な元素のふたつです。上に述べた火の玉が冷える前には、もっと複雑なものができるための時間がなかったのです。そのため、生まれたての最初の星々は、約七五パーセントの水素と、二五パーセントのヘリウムとで、できていました。そのほかのすべての元素は、あなたの体をつくっているものも含めて、恒星の内側で、核融合によってつくられました。それらの元素は、恒星が死んだときに、宇宙空間に散らばり、やがてまた新しい恒星や惑星や人間をつくることになりました。あなたは、星くずでできているのです。

けれども、ビッグバンの火の玉が、今日の大宇宙に存在する物質すべてをまかなうのに十分なほどのバリオン原子を、焼き上げたはずがないのです。天文学者たちは、銀河が銀河団の中をどのくらいの速度で移動しているか測定することができるので、彼らは銀河団の中にどのくらいの物質が存在して、その重力で銀河を引き止めているのかを、知っています。もし太陽の中に十分な量の物質がなければ、その重力は、惑星が宇宙空間に飛び出してしまうのを引き止めておくほど、十分な強さは持たないことでしょう。もし地球という惑星に十分な量の物質がなければ、あなたは地面に引き止めておいてもらえないことでしょう。それと同じで、もし銀河団の中に十分な量の物質がなかったら、その重力は、銀河が宇宙空間に飛び出してしまうのを引き止めておくほど、十分な強さを持たないことでしょう。メアリー・マローンがライラに、銀河のかたまりがどうして、一緒のまま、ばらばらに飛んでいかないかについて話したとき、彼女が言っていたのは、このことなのです。

星だけではなく

ひとつの銀河に含まれるすべての恒星の中にどのくらいの物質があるか、どうしてわかるのでしょうか？　それは天文学者たちがその明るさを測定することができるからです。太陽のような恒星の明るさは、その中（その質量の中）にどのくらいの物質があるかによって変わるのです。恒星が明るければ明るいほど、その中にはより多くの物質が含まれているはずです。

恒星からなるひとつの銀河全体の明るさから、その光り輝く星々すべてを合わせた中に、どのくらい多くの物質があるかを算出することが可能です。天文学者たちは、同じことを、膨張する宇宙の中のたくさんの銀河団についても、あてはめることができます。銀河の動き方を説明するには、最良の望遠鏡が示してくれるすべての銀河と銀河団の中に見える、あらゆる明るい物質を合わせたよりも、約五〇倍も多くの物質が必要です。星だけではなくダストが――あるいは、ダストによく似た何かが――必要なのです。

これは大きな驚きでした。それは、ちょうどあなたが路上に炭酸飲料の缶を見つけて、それが空《から》だと思って蹴ったときのようなものです。じつはそこに炭酸飲料が詰まっていたら、予想していたよりも、ずっと重いことでしょう。蹴ったせいでつま先が痛くなるでしょうし、思っていたよりゆっくりとしか、缶は動かないことでしょう。宇宙もちょうどそのようだったのです。それは私たちの目には見ることができないもので満ちているのです（泡立つコーラでないことだけはたしかですが！）。

では、星々の間の冷たいガスやちりの雲すべては、どうなのでしょうか？　それらは光り輝きこそしませんが、それでもバリオン原子でできていて、重力によっていろいろなものを強く引っ張ります。こうした目には見えない、雲状の冷たいバリオンが、銀河の動き方を説明してくれると、あなたは考えるかもしれません。しかし、それも、十分には存在しないのです。

暗いもの

ビッグバンの計算から、あらゆる銀河の中のあらゆる明るい恒星を合わせた中にある物質の、一〇倍以上のバリオン物質は存在しえないことがわかっています。けれども、銀河の動き方を説明するには、五〇倍の量が必要です。したがって、暗いバリオン物質を加えても――全宇宙の中のありとあらゆる原子を加えても――それでもまだ、すべてのものをつなぎ止めて置くのに必要な、その五倍もの物質が足りません。少なくともあと五倍は、余分な物質が、それもまったく原子でできてはいない物質が、存在しなければなりません。それは原子でできていてはいけないので、何か、地上ではまだ見つかっていない種類の粒子でできていなければなりません。そしてそれは光り輝くことができません。そうでなければ、目に見えるでしょうから。それが暗黒物質です。

全宇宙の物質の八〇パーセントから九五パーセントが、この物質でできています。天文学者たちはこれを、非バリオン的な冷たい暗黒物質（Cold Dark Matter）、あるいは略してＣＤＭと呼びます。これは、三部作の「闇黒物質」の背後にある、本物の科学です。

暗い物質はどこにある？

もしこれらの冷たい暗黒物質が私たちが住むこの銀河系に、平均して広がっているとすれば、一五立方センチメートルの空間ごとに、ひとつかふたつ、それが存在することになります。あらゆる物の一リットル分の中には、それぞれ約一〇〇個の冷たい暗黒物質が存在することでしょう。大気圏の上空に広がる「空っぽの空間」一リットル分だけのことではありません。あなたが呼吸する空気、あなたが飲む液体の一リットルごと、あなた自身の体、そして硬い地球の中も、原子には何の影響も与えぬまま、ひゅうっと通り抜けているのです。あるいは、もしかすると、暗黒物質の粒子同士が集まって、細かい砂のように、あるいはタバコの煙に含まれる微細なすすの粒子のように、とても小さな粒々を作っているかもしれません。もしあなたがそれを見ることができれば、これらの粒々はちりのように見えることでしょう。

ちりからダストへ

こんな話をどこかで聞いたことはあるでしょうか？　これら冷たい暗黒物質の粒子が原子に影響

を与えるのは、ただ重力を通してのみで、しかもひとつひとつの粒子の（あるいは、粒子の集まりだとしても、その）重力は、あまりにも小さすぎるために、それに気づくことはできません。けれども、地球全体の重力は、あまりにも大きすぎるために、これらの粒子、あるいはちりの粒々に対して影響を及ぼさないわけにはいきません。これらの粒子は、私たちの惑星へと、どうしても強く引っ張られることになります。『北極光』では、極北の地へ遠征した際に、アスリエル卿は特別な感光乳剤を塗ったスライドを携えていきました。この特別な乳剤は現実には存在しませんが、その乳剤の「目に映る」ものを写真に撮ることができるカメラを手に入れるためなら、おそらく何でもなげうつ覚悟のある天文学者を、私たちはたくさん知っています。フィリップ・プルマンは、アスリエル卿がジョーダン学寮で、学者たちにこのスライドを見せる場面を次のように描き出しています。

まるで月光を濾過《ろか》したかのようだ。それでも地平線は見え、小屋の黒い影と雪におおわれた白い屋根もはっきりそれとわかるが、複雑な道具類は闇《やみ》に隠されて見えない。けれども、男の姿はすっかり変化していた。全身が光におおわれている。上に差しのべた片手からは、輝く粒子の噴水がふきだしているように見えた。

「その光は」と、首席司祭《チャプレン》は言った。「のぼっているのですか、おりているのですか?」

「おりているのです。」アスリエル卿は言った。「ただし、これは光ではありません。ダストです。」


【『黄金の羅針盤』2章「北の国のこと」】

第3章　北極光▽空の光、そして磁力の網

「人間は、独立した進化の道をたどりはじめて以来、
三種類の苦闘でたえず忙しかったし、今も忙しい。
第一に、寒暑、風、川、物質とエネルギーといった、巨大で知性を持たない自然の諸力との闘い。
第二に、動物、植物、自身の身体、その健康と病いといった、
より人間の近くにあるさまざまな物との闘い。
そして最後に、自分の欲望や恐怖、想像力や愚かさとの闘いである。」

J・D・バーナル【イギリスの物理学者（一九〇一‐七一）】

「おどろきのあまり、ライラは船から落ちないように、手すりにつかまらなくてはならなかった。
その光景は北の空いっぱいに広がっていた。その広大さは、ほとんど想像もつかないほどだった。まるで天界からおりてきたかのように、繊細な光の巨大なカーテンが、たれさがり、ゆれていた。薄緑とローズ・ピンクで、とても薄い布のようにすきとおっていて、下の端《はし》は、地獄の業火《ごうか》さながらに、深い、燃えるような深紅《しんく》だった。光のカーテンは、最高の技をもつダンサーよりも優雅に、ゆったりゆらめきながら、かすかに光っていた。」

【『黄金の羅針盤』11章「よろい」】

このときライラは北極光を、はじめて見ました。北方のラップランドへ彼女とジプシャンたちを運ぶ船から見たのです。
これは私たちの世界でもまったく同じです。北極光を見たことのある人は、それは魔法のようだと、あなたに話すことでしょう。暗い空を横切る、色彩豊かな光の渦は、あたかも神々が自らの手でくり広げる光のショーのようです。どうしてこれらの光が、その力と神秘に心打たれた古代スカンジナヴィア人たちによって、さまざまな物語へと織り上げられ、やがてヴァイキング・サガの一部となったのかは、容易に推しはかることができます。

北極光の科学的な説明は、かつては魔法と考えられていたものでも、いったん理解されてしまえば、科学になるという道すじを、私たちに示してくれます。しかし、科学的に説明されたからと言って、それに対する畏敬の念が、少しも薄れるものではありません。もしあなたがその背後にある科学を理解すれば、北極光はいっそう驚くべきものとなるでしょう。それに光のショーも、まだ楽しむことができます。

北極光は、北の空に広がる、光でできた滝と川のような、色のついた模様のように見えます。それは、カナダやスコットランド北部、ノルウェーのような場所から、見ることができます。まれに、もっと南のイングランドや、地中海からさえ、見えたことがあります。北極光はまた、オーロラ・ボレアリスとしても知られます。同じ光の渦は、南極に近い空でも見られますが、そこに現れる光は、オーロラ・オーストラリス（南極光）と呼ばれます。いずれのオーロラも、しばしば赤か黄色か緑色をしていて、時として、空にゆらめく光のアーチを架けることがあります。ヴァイキングや、私たちの世界のほかの北国の人々が、ライラの世界の北国の人々とちょうど同じように、これらのアーチが別の世界への架け橋となるかもしれないと考えたのも、まったく不思議はありません。

磁力という魔法

北極光と関わりのある「かつては魔法であった科学」は、磁力です。磁力というものは、何千年も前から知られていました。最初はそれは、強い魔法の源であると考えられていました。約三〇〇〇年前の古代ギリシア人たちは、天然磁石、すなわち磁鉄鉱《じてっこう》と呼ばれる磁気を帯びた岩のかたまりのことを知っていました。けれども彼らは、磁力がどのように働くかは知らず、はるかかなたの土地にある磁力を帯びた山脈についての突飛なお話を信じていました。その山々にある岩の磁力はとても強いので、もし鉄の鋲《びょう》を打った靴を履いていたら、靴がとても強く地面にくっついてしまい、足を持ち上げることができないだろうとか、そういうお話を、です。人々はまた、磁鉄鉱には病気を治す魔法の力があると信じていました。足が悪いのなら、その上に磁鉄鉱を置いて、包帯できつく巻いておくことで、それを治すことができる、というわけです。人々はまた、磁鉄鉱のかたまりにニンニク臭い息を吹きかけると、磁力が失われるとも考えていました。

磁力が科学的になったのは、今から四〇〇年と少し前、一六世紀の終わり、女王エリザベス一世とウィリアム・シェイクスピアが生きていた時代のことでした。磁力を科学にした人物は、ウィリアム・ギルバートという名の医師でした。彼はとても優れた医師であったので、最後には女王陛下の宮廷のお抱え医師のひとりとなりました。

宮廷お抱え医師となる前、一五七〇年代に、ギルバートは磁力を科学的に研究した最初の人物となりました。そもそも彼は、物事を科学的に研究した最初の人物でした。ギルバートが現れる前は、人々は、魔法や神々の影響を持ち出す以外に、世界がどのように作用しているかを説明する手段がありませんでした。人々は、どうして惑星が太陽の周りを回っているのか、皆目《かいもく》見当もつかなかったし（多くの人々は、惑星が太陽の周りを回っているということさえ、信じませんでした）、どうしていつも同じ天気にならずに、四季があるのか、どうして人は病気になるのか、などなど、まったくわからなかったのです。

そういうわけで、ウィリアム・ギルバートは最初の科学者でした。彼を科学者にしたものは、多くの人が本当だと言っているからといって、いろいろなお話を信じなかったこと、そしてそれを検証するために実験を行なったことでした。たとえば彼は、磁石の表面全体にニンニクをこすりつけて、それが磁力を失わせるかどうか、見てみました。磁力はなくなりませんでした。その話は、たわいもない迷信に過ぎませんでした。彼はほかにもたくさんの実験を行ない、それらの実験について『磁石論（*De Magnete*）』という本をラテン語で書きました。それが出版されたのが一六〇〇年、シェイクスピアのお芝居『ジュリアス・シーザー』がロンドンで初めて上演された年でした【『ジュリアス・シーザー』初演は一五九九年とする説が有力】。ギルバートが住んでいた世界は、オックスフォードの学寮と言い、宗教と言い、車や飛行機がないことと言い、多くの点でライラの世界とかなりよく似ていました。

磁気を帯びた地球

ギルバートが発見した最も重要なことは、地球そのものがひとつの磁石であり、その磁石の影響力は宇宙にまで広がっている、ということでした。彼が現れる前には、人々は、磁石を使った羅針盤の針が北を指すのは、北極星に引き付けられているからだと、あるいは、北極の近くのどこかに巨大な磁石の島があるからだと、信じていました。しかし、ギルバートは、地球そのものが磁石ではないかと推測しました。そしてその考えを実験で検証しました。彼は、磁鉄鉱を削り出し、地球の形をまねて、球形の磁石をつくりました。それは磁気を帯びた地球の模型でした。

ギルバートは、とても小さな羅針盤の針を使って、その模型の表面のいたるところで、磁石の影響力がどのように変化するかを測定しました。羅針盤の針（それもまたとても小さな磁石ですが）の一方の端は北を指し、反対側の端は南を指します。もっとも、針先の目印はどちら側にあってもかまいません。針は北を指すという言い方は、約束事に過ぎません。ギルバートが調査した、すべての磁力のパターンは、球形の磁石にも、本物の地球にも、どちらにも現れます。だから、本物の地球もひとつの球形の磁石であるに違いありません。

ギルバートの時代以来、地球という磁石の影響力（それは通常、地球の磁場《じば》と呼ばれます）がどのように宇宙まで延びているかについて、科学者たちはさらに多くのことを学んできました。私たちがこれを知っているのは、現在の私たちは、宇宙船から、そして単なる磁気を帯びた模型ではなく、この惑星そのものの表面のいたるところで、測定値を得ているからです。私たちは、磁場を、北の磁極から南の磁極へと伸びる「力の線」でできているものと考えます。赤道上では、これらの線は、一方が他方の上に重なる形で、平行して走っています。真っぷたつに切ったたまねぎの薄い透明な皮のように、層をなしています。これらの線は、大気圏の上、ただし地球と宇宙とのはざまに、磁力の盾《シールド》のようなものを形成します。けれども、南北の磁極では、力の線は集まって束となり、

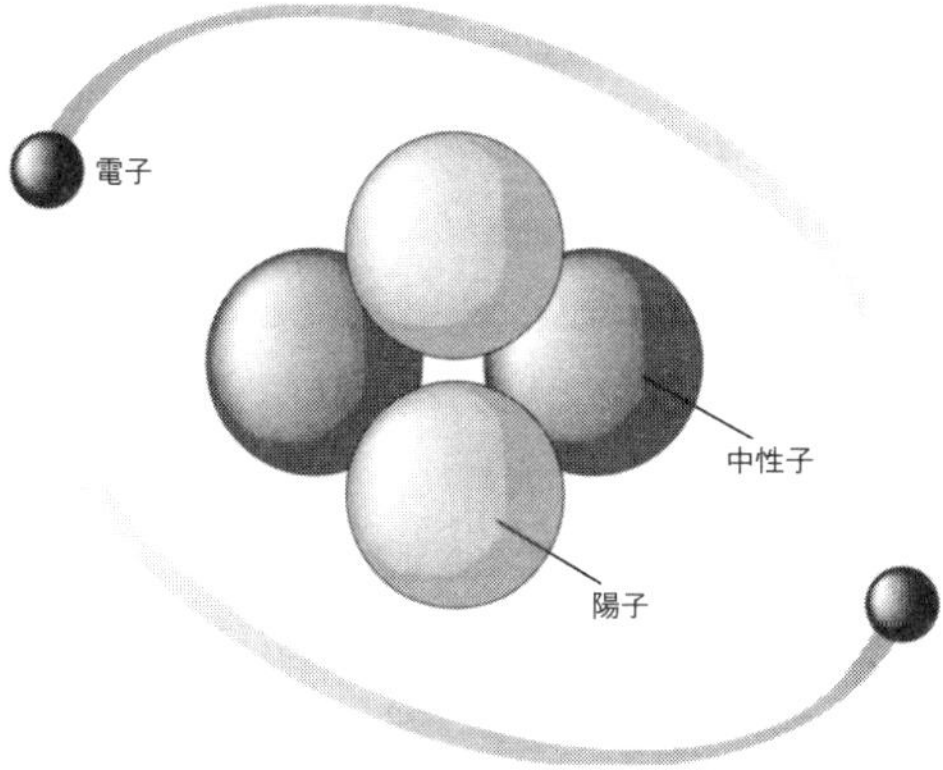

▲ヘリウム原子(大きさの比は実際とは異なる)

じょうごのような形になって地面へとおりています。盾にふたつの穴が開いているわけです。まさにこの穴こそが、北極光と南極光の原因なのです。

これらの穴が重要なのは、宇宙には、磁力の線を越えることはできないけれども、それらの穴には入り込むことができるものが、存在するからです。これは暗黒物質ではありません——暗黒物質は、磁力の影響をまったく受けません。それは普通のバリオン物質なのですが、ただしあなたの体やこの本のページをつくっている原子とは、違う形のものです。

原子の内側

原子はさらに小さなかけらでできています。これらは原子未満《サブアトミック》の粒子と呼ばれています。すべての原子は、その中心に、ひとつの核を持っています。最も単純な元素である、水素の原子の核は、粒子がひとつだけです。それは陽子《プロトン》と呼ばれ、プラスの電荷を持っています。この陽子は、電子《エレクトロン》（これはマイナスの電荷を持っています）をひとつだけ伴っています。電子は、核の周りを軌道に沿って回っているものと考えてかまいません。

ほかのあらゆる原子では、核は、陽子と中性子《ニュートロン》と呼ばれる粒子とが混ざって、できています。中性子は、陽子と似ているけれども、電荷は持っていません。陽子と中性子は、それぞれ、およそ電子の二〇〇〇倍の重さです。

陽子の数は、その原子がどんな元素であるかを教えてくれます。水素は陽子がひとつ、ヘリウムはふたつ、酸素は八つ、などなど。そして、核の中にある陽子とまったく同じ数の電子が、原子の外側のほうの領域でぐるぐる回りながら存在しているため、ひとつの原子の中の電荷の総計はゼロになっています。電子と陽子が、たがいに中和するのです。

しかし、もし原子から電子が離れたら、電子は電気を運ぶことになります。それが、電気が電線を流れるときに起きていることです。何兆個もの電子が、電線に沿って動いています。電荷を帯びた粒子はまた、磁場とも相互作用を起こします。それらは、磁力線の周囲をぴったりらせん状に取り巻き、その磁力線に沿って、針金に取りつけたビーズ玉のように、進みます。電荷を帯びた粒子は、宇宙から地球の近くにやって来ると、赤道上空の磁場を通り抜けることができず、磁力線にとらえられて、磁極に向かって進路を変えます。

北極光の背後に

電荷を帯びた粒子は、宇宙から地球へと届きます。これは、原子がとても激しい衝突であちこちにぶつかりまわると、電子がいくつか原子核から完全にたたき出されてしまうからです。後に残された原子の部分は、イオンと呼ばれます。イオンは、マイナスの電気が取り除かれてしまっているので、プラスの電荷（陽電気）を帯びています。実を言うと、衝突は特に激しい必要はありません——乾燥した日に髪の毛を梳《と》かせば、電子をいくらかこすり取ることができます。すると髪の毛はプラスの電荷を帯び（それで髪の毛は立ちます）、櫛《くし》はマイナスの電荷を帯びます（それで櫛は小さな紙切れを引き寄せたりします）。より大きな規模では、嵐の雲の中で雹《ひょう》の粒と粒とが衝突をくり返すと、電荷が分離されていき、やがてそれが積もり積もると、稲妻がぴかっと光って、バランスが回復されます。稲妻の光の中で、マイナスの電気は、プラスの電気のほうへ戻るように流れ、それをふたたび中和します。

宇宙から届く粒子の中には、太陽や惑星群よりも遠く、本当に遠くから来るものもあります。実際、それらは、ほかの恒星や銀河からやってきたものかもしれません。とはいえ、地球に届く宇宙粒子のほとんどは、太陽からやってくるものです。

太陽はとても熱いので、その内部にある原子は、電子をたたき出して自由にするのに十分なほど、たがいに激しく衝突し合います。その外側のほうですら、旧式の電球の中で赤々と光を放つフィラメントと同じくらいの熱さで、輝いています。それは摂氏《せっし》約六〇〇〇度です。真ん中では、温度は摂氏約一五〇〇万度にまで上昇します。

太陽で生まれた電子とイオンは宇宙へと流れ出し、地球やその他の惑星をまるで風のように通り過ぎていきます。これが太陽風《たいようふう》と呼ばれるものです。太陽風に含まれる粒子は、やがて何かに邪魔されるまで、時速約五〇〇キロメートルの速度で宇宙の旅を続けます。

太陽風を目に見ることはできませんが、宇宙船はそれを検出して研究することができます。それに、私たちは太陽風が地球に吹きつけるとき、何が起こるかを見ることもできます。地球の磁場は、地球の周りに、磁気圏と呼ばれる盾《シールド》をつくります。これが私たちを、電荷を帯びた粒子からあらゆ

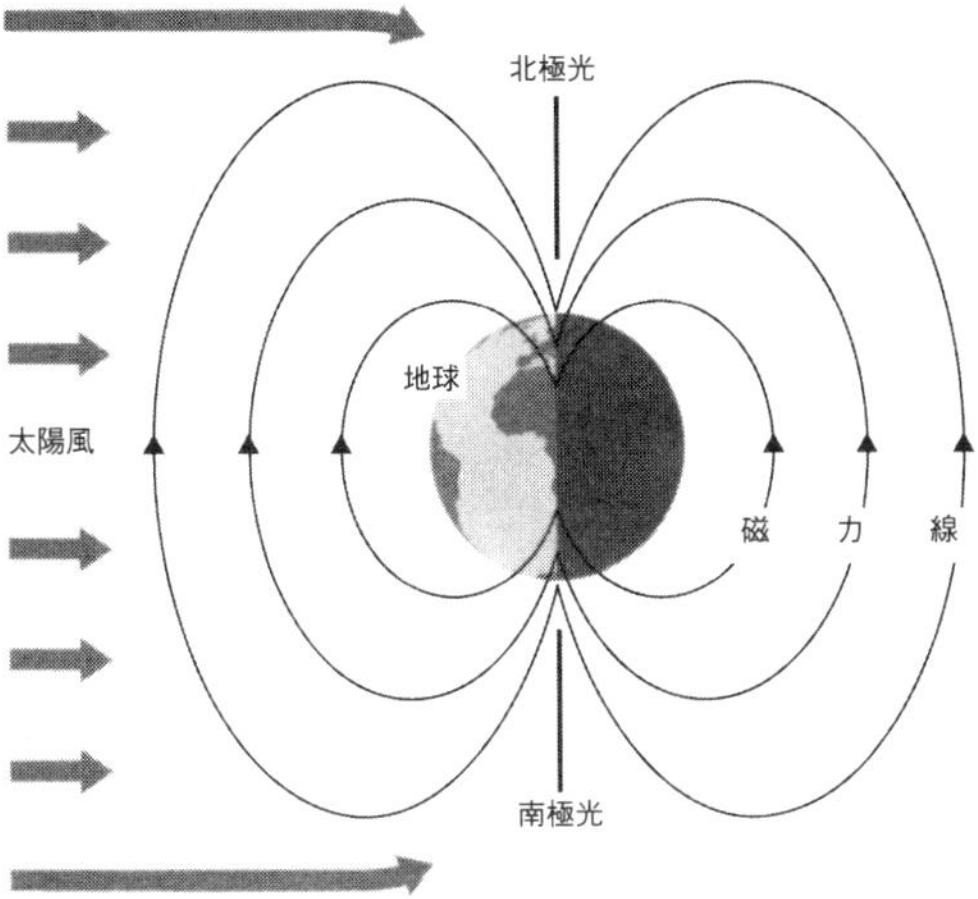

▲ 地球の磁気圏

るところで守ってくれているのですが、北極と南極は別です。そのため、太陽風から来る、電荷を帯びた粒子は、じょうごのような形を成して、地球の両極へと流れ込みます。それらの粒子は、地表にはたどり着かないので、人々に影響を与えることはありません。それらは大気圏の高いところにある原子にエネルギーを与えます。それが、北極光をつくっているのです。

　太陽風からエネルギーを得る大気中の原子は、ほとんどが窒素《ちっそ》と酸素です。太陽風が強く吹くと、大気圏のいちばん上層部は熱されて、摂氏一〇〇〇度以上の温度にまで上昇します。これは、街灯の中の電気が、灯りの内側のガスに含まれるナトリウム原子にエネルギーを与え、それらを赤々と輝かせるやり方と、よく似ています。ほかにも、たとえばネオンサインの中に、電気で励起《れいき》（興奮）させられた原子が赤々と輝くのを見ることができます。北極光は、天然のネオンサインなのです。

励起された原子

余分なエネルギーを与えられた原子は、励起（興奮）状態にある、と言われます。励起状態のナトリウム原子は、オレンジ色に輝きます。大気中にはナトリウム原子がいくらか含まれているので、北極光にはわずかながらオレンジ色が混じっています。しかし、酸素原子が励起されると、赤と緑に輝くので、これらふたつの色がオーロラには強く見えます。北極光は、大気中の励起された原子が、それぞれの特徴的な色の光で輝くことによって引き起こされています。太陽風がある地点から別の地点へ強く吹きつけたり弱まったりするにつれて、北極光の模様は揺れ動くのです。

　その光は、大気圏の高いところ、地上約一〇〇キロメートルから三〇〇キロメートルの間、空気が薄すぎて呼吸もできない、宇宙空間と接する周辺部でつくられます。エヴェレスト山ですら、高さ九キロメートルに満たないのですから、オーロラは、エヴェレスト山の頂上より、海抜で少なくとも一〇倍以上高いところにあります。北極光のすそは普通赤い色をしていますが、九五キロメートルから約二五〇キロメートルまでの部分は、主に緑色をしており、時々、白や黄色や青が混じることもあります。オーロラの比較的上のほうは、通常、赤い色をしています。あるいは、アスリエル卿が彼のスライドの一枚に映されたオーロラの様子を描写しているとおり、

「大部分は薄緑とバラ色で、そのカーテンのような構造の低いほうの縁《ふち》に沿ったところは、深紅の色合いに染まっています。」

【『黄金の羅針盤』2章「北の国のこと」】

空を探検する

北極光のことは、人々が北の空をじっくり見るようになってこのかた、ずっと知られてきており、すでに古代には、中国人、ギリシア人、日本人、朝鮮人がそれについて書き残しています。北極光はまた、中世の宗教的な年代記や、千年以上昔のヴァイキングたちの年代記にも、描かれています。天文学者エドモンド・ハレーの名前は、ある彗星につけられていることで有名ですが、彼も一七一

六年にロンドンから、大きなオーロラを観測しました。ジェームズ・クック船長は一七七三年に、南極光を見ました。けれども、一九世紀の末になるまで、何がその光を引き起こしているのか、誰ひとり知る人はいませんでした。

そのときまで、何が北極光の光の源であるかを誰も知らなかったのは、それ以前には、電子とイオンが発見されていなかったからでした。電子は一八九〇年代に発見され、ノルウェーの科学者クリスチャン・ビルケランは、太陽から来た電子が北極光を引き起こしているのだと、ただちに気づきました。彼は三度、極北への遠征を行ない、オーロラを研究するため、北緯七〇度の地点に研究所を設立しました。それは、氷に閉ざされたノルウェー北部のいちばん端に位置し、アイスランドよりもずっと北にありました（しかも、北極光をきちんと見るためには、そこには冬に行かなければなりません）。

ビルケランのような科学的な探検家たちは、まさにウィルの父親と同じような、たくましい人々でしたが、気球乗りリー・スコーズビーほどは頑強でありませんでした。彼らには、ナイロンのような風を通さない布地でできた、風雨に耐える衣類はありませんでした。彼らは、ライラが彼女の世界の同じ地方に旅することになったときに身につけたのと同じような服を、着なければなりませんでした。

「トナカイの毛皮でできたパーカが一着、というのもトナカイの毛は中が空洞で、断熱効果があるからだ。そのフードの裏地は、クズリの毛皮だった。それは息するとできる氷をはじいてくれる……最後に彼らは、ライラの体をすっぽりつつむ防水のケープを買った。これは半透明のアザラシの腸でできていた。」

【『黄金の羅針盤』10章「領事とクマ」】

宇宙からの嵐

一五〇年にも満たない以前には、誰も電子のことを知りませんでした。ところが、現代の世界はほぼ全面的に電力によって動いています。まず、コンピュータがなかったら、私たちはどうなってしまうでしょうか？　今は自動車にも、それを動かすためのコンピュータが備わっています。私たちは、洗濯機、電気照明、電車、そして電気を動力源とするさらに多くの品々に、慣れっこになっています。これらの品々のほとんどにも、コンピュータが組み込まれています。電力は、発電所で生み出され、高い塔の間に張りめぐらされた送電線を通して、電力が必要とされる場所に送られます。このように考えると、今日の私たちにとって太陽風は、きれいな光のショーを上演してくれるだけではなく、もっとずっと大きな影響を及ぼす可能性がありそうだと、思いあたります。

電荷を帯びた粒子が磁場を揺るがすとき、電波が発生します。これは、太陽から来た粒子が地球の磁場と相互に作用し、両極に向かってらせん状に旋回しながら進んでいくときには、つねに起こっています。これらの電波は、適切な装置を用いて、とらえることができます。けれども、太陽では時々、とても大規模で突発的な活動が起こることがあります。このとき、粒子の巨大な爆風、太陽風の嵐が私たちに向かって送られてきます。

このような太陽嵐《たいようあらし》は、宇宙空間の人工衛星（通信衛星や、世界中にテレビ映像を配信する衛星が含まれます）を打ちのめす可能性があります。人工衛星に搭載された敏感な電子機器に、粒子がぶつかるからです。これが地球の磁場にぶつかると、一七一六年にハレーが見たような、とても大きなオーロラを生み出します。それらの粒子はまた、電磁パルスと呼ばれる、電波の巨大な爆風を発生させます。そのようなパルスは、ハレーの時代には何の問題も起こしませんでした。当時はまだ電子装置がなかったからです。しかし今日では、それはコンピュータの中のメモリーチップを焼いてしまうかもしれません。カナダのような北方の国々では、送電線に電気の大波を引き起こし、ヒューズを全部飛ばして、電力供給を止めてしまうかもしれません。

とはいえ、あわてないように。太陽風の嵐が、秒速二〇〇〇キロメートルの速度で私たちに向かって突進してくる、十億トンもの気体を含んでいる可能性があるとしても、それははるばる長い距離をやってきます。こうした、宇宙からの嵐が、太陽から地球にたどり着くには、ほぼ丸一日かかります。天文学者らは、望遠鏡を用いて、太陽で嵐が起ころうとしているのを見ることができます。したがって、もしこのようなものが近づいてくるとしても、私たちが警告を受ける時間はたっぷりあります。来《きた》るべき嵐の知らせを運ぶ光は、秒速三〇万キロメートルで進むので、粒子よりもはるかに前に、私たちに届きます。北国の人々は、危険に気づいてさえいれば、コンピュータやその他の電子装置の電源を切り、嵐が通り過ぎるのを待ってから、ふたたび電源を入れることができます。あるいは、世界のある地域の人々が、暴風雨が通り過ぎる間、地下室に避難するのとちょうど同じように、コンピュータをこの嵐から隠しておくこともできます。

北極光という天空の花火は、地球全体がどのように広大な全宇宙と関わり合っているかを見せてくれる、ひとつのしるしです。その背後にある科学は、私たちの人生を変えるかもしれない、目に見えない力の影響のもとに、私たちがあるということを示しています。アスリエル卿は、このことを知っています。彼は恐ろしい実験を行なうために極北へと赴かねばなりませんでした。そここそが、地球の磁気圏の盾《シールド》がいちばん弱い場所であり、太陽風のエネルギーを引き出して、世界と世界の間に橋を架けることができる場所だからです。

物語が始まるときには、ライラはこういうことを一切知りません。けれども、やがてアスリエル卿がどこにいるかを知り、自分は彼を探さなければならないことがわかります。なぜなら、彼女の手には、どんな電子計算機よりも強力なものがあるからです——真理計《アレシオメーター》、ライラの黄金の羅針盤です。

第4章　黄金の羅針盤▽真理の意味、そして無意識の精神

「十分に進歩したいかなる科学も、魔術と区別することはできない。」

アーサー・C・クラーク

『神の闇黒物質』の物語全体の中で最も魔術的なものといえば、ライラの真理計《アレシオメーター》です。この重たい道具は、ライラのてのひらにしっくり収まり、見かけはこんな具合です。

「時計か、羅針盤にとてもよく似ていた。というのも、文字盤の周囲を指す針がついているからだが、ただし、その文字盤の周囲には、時刻や羅針盤の方位の代わりに、いくつもの小さな絵があった。ひとつひとつの絵は、並はずれた正確さで描かれていて、あたかも象牙の上に、この上なく先の細い、すらりとしたクロテンの毛の絵筆で描いたかのようだった。」

【『黄金の羅針盤』4章「真理計」】

ライラはそれが真鍮《しんちゅう》と水晶でできていると考えますが、この磨かれた道具は黄金のようにきらきら光り、物語にとってとても重要な役割を果たすので、アメリカでは、三部作の最初の一巻は、『北極光』ではなく『黄金の羅針盤』と呼ばれています。その働きは？　それは真実を告げるのです——もしあなたが、正しい質問をする方法と、その答えを解釈する方法を知っていれば。その名前は、アレーテイア、真理という意味のギリシア語に由来します。

私たちは誰でも、真理を知りたいと思うし、私たちが告げられたことをすべて理解したいと思うものです――だからこそ、真理計というアイデアは、とても力強い着想なのです。有史以来、人々は何かこういうもの、つまり未来について教えてくれたり、問題に対する賢い解決方法を与えてくれたりすることができるものに、あこがれてきました。謎めいた神託の話は、叙事詩の冒険物語にはよく出てきて、古代ギリシアの伝説にまでさかのぼります。その名前の由来となったギリシアの物語では、人々は、神々に質問をするために、神託所を訪れます。人々が受け取る答えには、つねに、解釈の仕方が少なくともふたつはあります。そのどちらの解釈の仕方が正しいのか、いったんわかってしまえば、神託はいつでも正しいのです。

けれども、ここに落とし穴があります。神託は、謎めいた話し方をします。神託を解釈する人は、神託が与える真実と知恵のメッセージを推察できるくらい、頭が良くなければなりません。

神託におうかがいを立てる

ギリシア人や、ほかの古代文化の人々は、神託のお告げを本当に信じていました。ギリシアのデルポイには有名な神託所がありました。人々は、その神託所を受け持つ神官や巫女たちのもとを訪れ、神々に捧げ物をし、質問をしました。神官や巫女はその場を離れて、「神託におうかがいを立て」に行き、答えを携えて戻ってきます。もちろん、その答えは自分たちででっち上げたものでした。そういうわけで、うっかり誰かに見破られたりすることがないように、彼らはとても用心して、あいまいな答えを用意したのです。

これは、占い師たちが今日でも使っている手口と、まったく同様です。占い師にお金を渡すと（神々への捧げ物とまったく同様です）、彼らはあなたの将来についていろいろなことを告げるのですが、その言うことはあいまいなので、自分の身に何が起ころうと、あなたはその「予言」が的中したと考えてしまうことでしょう。占い師の秘訣とは、あなたに話しかけながら、あなたの身辺の情報をいろいろと探り、あなたに関するさまざまな事実を、ひとつのお話へと紡《つむ》ぎあげることなのです。ですから、もし占い師があなたの指にタバコの脂《やに》がついているのに気づいたら、「あなたはたぶん、次の冬には、せきの出る病気にかかるでしょう」と告げるかもしれません。

シャーロック・ホームズの物語では、あの有名な探偵は、人々の秘密を暴く不思議な霊的能力を持っているように見えますが、その後、自分がいくつかの単純な観察から、どのようにそのすべてを推論したかを説明して、よく人を驚かせます。

「青い紅玉の冒険」で、シャーロック・ホームズはよれよれの帽子を、友人のジョン・ワトソン医師に手渡します。ワトソンは、それがごくありきたりな帽子で、少し古ぼけていて、色あせた赤いシルクの裏地がついている、ということに気づきます。帽子のつばには、伸縮性のひもでもって、しっかり頭に固定するための穴が開いていますが、ひもはなくなっています。その帽子は、ひびが入り、ほこりっぽく、ロウが垂れた跡やその他のしみが点々とついていて、どうやら誰かがインクを塗ってそれらの跡を隠そうとしたようです。

それからホームズは、この帽子の持ち主は次のような人物だったと語って、友人を仰天させます。

「彼は高度に知的な人だった……いまは不運に遭遇しているものの、過去三年以内はかなり裕福だった。先見の明があったが、今はかつてほどではなく、精神的にも退行の傾向を示している。彼の運勢の下落とあわせて考えれば、何か悪い影響力、おそらくは飲酒癖がこの男に作用しているのだろう。これはまた、妻が彼を愛するのをやめてしまったという明白な事実の説明にもなるかもしれない……。

この人物は、椅子にすわって過ごす生活をしていて、ほとんど外出せず、すっかり鍛錬を怠っていて、中年で、白髪まじりで、ついに三日前に髪を切ったばかりで、ライムの香りの整髪クリームをつけている……彼が家にガスを敷設したとは、きわめて考えにくい。」

ホームズとワトソンが帽子の持ち主に会ってみると、右のような描写がぴったりあたっていることが判明します！　神託僧シャーロックは、どうやって真相を知ったのでしょうか？　彼の秘訣のすべてを皆さんにお話しするのはやめましょう。自分でこのお話を読んでみたいと思う人の楽しみを、台無しにしたくはないからです。とはいえ、少しだけ例を挙げておくと、先見の明というのは、男が帽子に伸縮性のひもを取りつけさせていたことから導き出された推察です。しかし、彼はそのゴムひもを無くしてしまったのに、新しいのを付け直す手間を惜しんでいたのだから、彼は以前より不注意になってしまったに違いありません。また、ロウが垂れた跡は、彼がろうそくを照明として使っている家に住んでいるたしかな証拠です。ガス灯は、この物語が書かれたときには、まだ最新のものでした。

いったんこういうしるしの読み方を知ってしまえば、すべては明白なことです。しかし、それこそが秘訣なのです――しるしを読むことが。

真実を語ることの科学

とはいえ、ライラの真理計は機械です。機械にどうしてそんなことができるのでしょうか？　じつは、その機械はそんなことは一切していないというのが、答えです。ライラが、自分自身の頭を使って、真実を告げるという作業をしているのです。真理計は、彼女が考えている間、意識を集中させるきっかけを、彼女に与えているのです。それは彼女に、自分の推論が正しいと信じ、自分の判断に基づいて行動する自信を、与えてもくれます。彼女はまた、正しいやり方で質問をしなければなりませんが、そうすることで、その質問について適切に考えるようになります。したがって、彼女の精神は、無意識のうちに答えを考え出し、その答えがパッと頭にひらめいたように感じられるのです。

私たちは誰でも、少しはこういうことができます。解くことのできないパズルがあったら、いちばん良い解決方法は、そのパズルのことを忘れようとすること、答えを考え出さないままベッドに入ってしまうことかもしれない場合だってあります。翌日、答えが頭にふっと浮かんだりするものです。いろいろなことについて考えているのだと自分では気づいていなくても、あなたの精神は無意識のうちに働いているのです。

とはいえ、こういうことがほかの人よりずっと得意な人がいます。それこそ、ライラがほかの誰よりも真理計をうまく理解することができる理由です。彼女は、こうした思考方法に適した精神、シャーロック・ホームズのような無意識を、持ちあわせています。成長するにつれて、真理計を理解するのが次第に難しくなっていくことに、彼女は気づきます。それは彼女の精神の働き方が、変わりつつあるからなのです。プルマンの物語では、大人たちは、何もかも、本を見て調べ上げなければ、真理計を理解することはできません。質問に対する答えを見つけるのに、何時間も、何日も、かかります。一方、ライラはほんの数分で同じことができます。この物語が私たちに伝えるのは、大人よりも子どものほうが、新しいことを理解したり、物事を想像したりするのが、上手だということです。子どもたちの精神はいつでも、新しい考えや想像力に開かれています。けれども、大人たちの精神は、なじみのないものを理解できずに、泥沼にはまったように身動きが取れなくなることがよくあります。これが私たちの世界では本当ではないとしても（おそらく本当なのですが！）、ライラの世界ではたしかに本当なのです。

『変化の書』

とはいえ、私たちの世界にも、真理計と似た働きをするものが存在します。それには、あなたの質問に対する答えが何を意味するのか、推論する方法を教えてくれる、本までついています。この神託は、『易経《えききょう》』と呼ばれます。「易」は変化、「経」は本、すなわち『変化の書』です。それは古代中国で書き継がれていきました。今日でも、『易経』を一種の遊びとして用いている人々もいます。デルポイまでのはるかな道のりを重い足を運んで行かずとも、自宅で「神託におうかがいを立てる」ことができます。けれども、それを本当に真剣に受け止めている人々も、いまだにいるのです。

三部作の第二巻『神秘の短剣』では、『易経』と真理計との結びつきがはっきりします。ライラは自分を助けてくれる学者を探し、真理計の助けによって、暗黒物質を調査している私たちの世界の科学者メアリー・マローンを見つけます。ちなみに、ライラの真理計が真鍮ではなく黄金でできていることに気づくのは、このマローンです。彼女は研究室の扉の内側に、『易経』の符号を貼っ

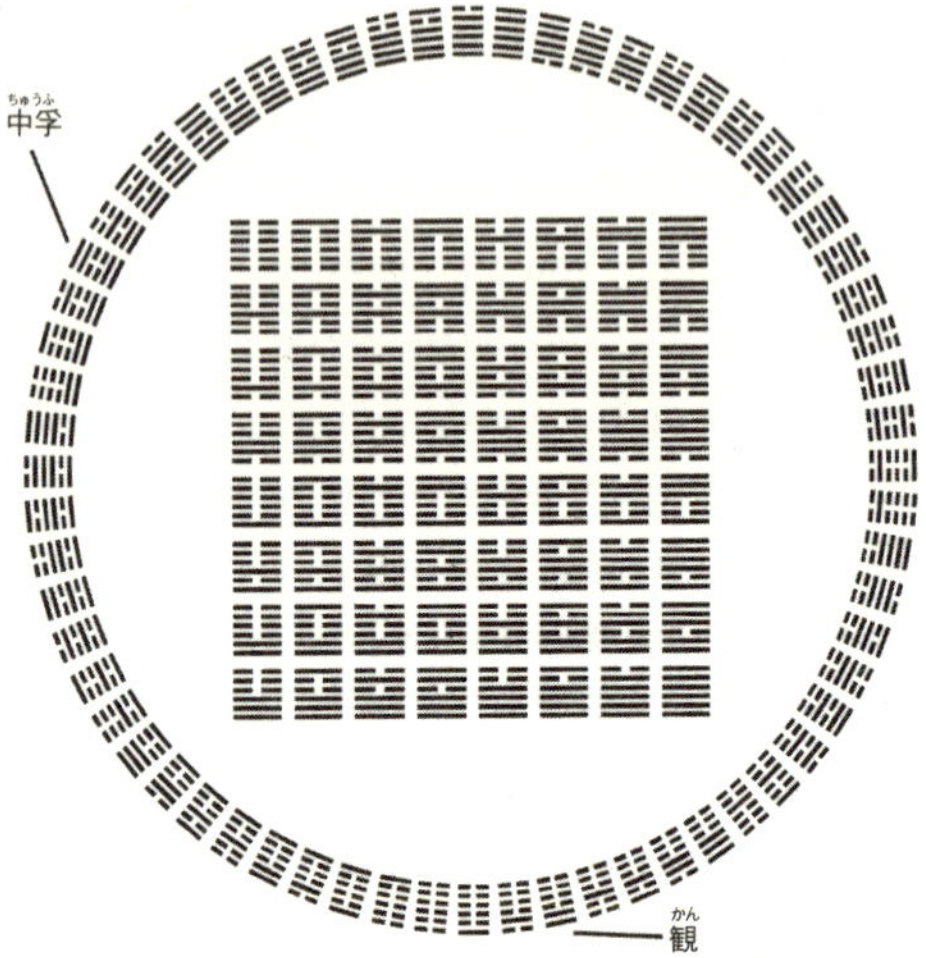

▲円と正方形の伝統的な並べ方で示された『易経』の64の六爻

ています。そして、ダスト――彼女はそれを影の物質《シャドー・マター》と呼びます――によって表現される知性とコミュニケーションを取ることができるコンピュータを持っています。ライラを真理計の良き理解者にしているのとまったく同じ才能によって、ライラはこのコンピュータを通して「影たち《シャドーズ》」と上手にコミュニケーションを取ります。「影たち」はライラとメアリーに告げます。人々は『易経』を用いるとき、本当は「影たち」に語りかけているのだ、と。

　では『易経』とは何でしょうか？『易経』で用いられる符号は、六四種類の「六爻《りくこう》」で、それぞれが六本の横線でできています。線には、横一文字のものと、真ん中にすき間が空いているものとがあります。六爻にはそれぞれ名前がついており、またそのひとつひとつは、「卦《け》」と呼ばれる三本線の符号が、ふたつ組み合わさってできているものと見なされます。「卦」にはそれぞれ独自の意味があり、『変化の書』には、これらのすべての意味が、注釈として書きとめられています。

『易経』におうかがいを立てる

もしあなたが『易経』におうかがいを立てたいと思うなら、まずはじめに、自分がたずねたいと思う質問を考え、それをしっかりと頭に思い浮かべておかなければなりません。その質問は、あなたがこれからしようと思っていることについての質問でなければなりません。「ニューカッスル・ユナイテッドは優勝しますか?」というような、イエス・ノーで答えられる質問ではいけません。そうして質問のことを考えながら、あなたは、偶然としか考えられない手順で、「六爻」のひとつを選びます。これには、いくつもやり方がありますが、いちばん簡単な方法は（ダー・リウ著『易経コイン予言法』という本の説明によると）三枚のコイン一組を何度か投げるやり方です。この本

▲図1

▲図2

の指示にしたがって出た裏表のパターンから、あなたが答えを得るにはどの「六爻」を見ればよいかが、わかります。同じように、最初の「六爻」と結びつけて考えるための、もうひとつの「六爻」を探します。それはとても簡単です……とはいえ、あなたが得る答え、つまり『易経』に載っている注釈は、あなたがそれをどう解釈するかわからなければ、あまり意味がありません。

たとえば、「観《かん》」という二〇番目の六爻は、図1のような形をしています。その意味は「見下ろす」です。たとえばこれが、六一番目の六爻と結びついて出てきたとしましょう。こちらは図2の「中孚《ちゅうふ》」で、「内面的な確信と誠実さ」を表しています。

このすべてが何を意味しているかを知るには、さらに多くの本をひもといて、説明を見なければなりません。調べてみると、ここで言う「見下ろす」とは、支配下にある民を見下ろし、彼らを変える国王や帝王のような人々、そして世界がどのように働いているかを理解している賢者のことを指しているのだとわかります。「内面的な確信と誠実さ」はあまり説明の必要はありませんが、伝統的な解釈では、それが幸運と成功の印であることが強調されています。両者を合わせて考えてみると、たずねた質問がどんなものであったにしても、とても心強い答えになっています。もしライラが『易経』に、探索を続けるべきかどうかをたずねていたら、もしかすると、こんな組み合わせを答えとして受け取っていたかもしれません。

良い知らせと悪い知らせ

とはいえ、『易経』が、多くの占い師たちのように、良い知らせばかり与えてくれるものと、早合点してはいけません。たとえば、十二番目の「六爻」は「否《ひ》」と呼ばれ、「行き詰まり」を表します。言い伝えによると、これが意味するのは、あなたが考えていることの成り行きがどんなものであろうと、それは悪事を働く者によって阻害されるであろうということ、そしてあなたは天のさまざまな力と調和していないので、じっとすわって何もしないでいるほうがよかろうということです。

ライラのような特別な技術はなくても、真理計を解釈しようとするのはどんな感じがするものか、その感触をつかみたいと思うなら、試しに『易経』の注釈を調べてみて、そこから意味をひねり出してみてください。そうすれば、あなたがどう解釈するかによって、その注釈がどれほどさまざまな意味を持ちうるかに、気がつくはずです。たいていの人は言うでしょう、『易経』のようなものが自分自身の人生の難問を解く手助けとなるのは、それが、自分がたずねたい質問について明確に考えさせてくれるから、そしてその上で自分にとって何がいちばんいいことなのかを考え出すために、一生懸命に答えを考えなければならないから、だと。

もしあなたが一生懸命やってみれば、神託の助けを借りずに自分ひとりの力で質問と答えについて考えること、自分で決断を下すこともできるでしょう――それは、ライラが成長するにつれて学ぶ、別の事柄です。私たちの世界では、このような神託は、本当に未来を予測できるわけではありませんし、別の世界から来る知性とコミュニケーションを取るわけでもありません。それらは、私たちが自分自身の無意識の精神とコミュニケーションを取れるように、手助けをしてくれるのです。ここに隠れている問題は、無意識の精神とは何であるか、誰もはっきりわかっている人はいない、ということです。

すべては頭の中に

精神がどのように働くかについては、さまざまな科学者がさまざまな考えを持っています。ライラと黄金の羅針盤の物語にぴったりとあてはまる考えは、スイスで生まれたカール・グスタフ・ユング（一八七五－一九六一）が唱えたものです。そもそも、精神を科学的な方法で理解しようと試みた最初の人物は、オーストリア人のジークムント・フロイト（一八五六－一九三九）でした。この人は精神分析という考えを発明しました。これは、私たちが通常は気づかない、精神の無意識の部分で何が起こっているかを見出すことによって、人々のふるまい方を説明しようとするものです。無意識は、私たちが意識的に考えることはないけれども、それでもどういうわけか私たちの頭の内側に存在している、感覚、感情、記憶といったものを含みます。夢や、何かを言うつもりが別のことを言ってしまうときの言い間違えは、無意識の中で何が起こっているのかを示します。このような間違いは、「フロイト的失言」と呼ばれることがあります。

もしブロッグズ夫人があなたの家のお茶会にやってきたとき、あなたはイボイノシシに似た人だなあと思うかもしれませんが、もちろんあなたは礼儀正しいのでそんなことを口にはできません。しばらくして、お皿にのせたビスケットをみんなに回しているときに、あなたは突然彼女に向かって、そんなつもりはないのに「イボイノシシはいかがですか、ビスケット夫人?」と言ってしまいます。それがフロイト的失言です——意識の上では言うつもりがなかったのに、本心がひょっこり飛び出してしまうのです。

フロイトとユング

無意識の精神を理解しようとして、夢やフロイト的失言などを分析することは、精神分析と呼ばれます。フロイトの考えの根幹は、もし精神的に病んだり、見たところちゃんとした理由もないのに不安に陥ったり落ち込んだりしている人がいたら、精神分析が、そうした人々の精神的な問題の根っこを掘りあてて、彼らの具合がよくなる手助けができるだろう、というものでした。

ユングはフロイトの考えに大いに関心をいだき、それをさらに発展させました。彼はフロイトよりもずっと若かったので、フロイトから多くを学び、二人はしばらくの間一緒に研究もしました。最初のうちは、二人は良き友人でした。しかし、後に、無意識を理解する方法について意見の相違が生じ、一緒に研究するのをやめてしまいました。

問題のひとつは、フロイトがすべてのことを性《セックス》との関係で説明しようとしたことでした。たとえば、蛇をこわがる人はたくさんいます。フロイトによれば、こうした恐怖は、本当は蛇が問題なのではなく、ちょっと蛇に似ているペニスと関係があることになります。かたやユングは、異なった意見を持っていました。人々が蛇を怖がるのは、ある種の蛇が本当に危険だからだ、と言いました。しかし、彼は、なぜ現代の都会で暮らし、蛇を見たこともない人たちでさえ、いまだに蛇のことを考えるとこわくなるのか、その理由を知りたいと、好奇心をいだいたのです。

古代からの記憶

ユングは、「集合的無意識」という概念を考え出しました。フロイトの考えは、私たちひとりひとりがそれぞれ独自の無意識を持っていて、それが私たちのふるまい方に影響を及ぼすということでした。ユングの考えは、私たちみんなが、人類の歴史全体を通して育まれてきたありとあらゆる記憶、感情、行動様式から築き上げられた、ひとつの集合的な無意識を共有しているのだ、というものです。何百万年も前に、アフリカの森や平原に暮らしていた私たちの祖先が、蛇を恐れていたのはもっともなことです。ユングによれば、そうした祖先たちの恐怖こそが、集合的無意識の一部となり、したがって今日の都市生活者でさえ、蛇を怖がるというわけです。

しかし、ユングは、祖先から遺伝した無意識の記憶というこの考えを一歩先へと進めました。集合的無意識は、今日生きているすべての人々の一部となっており、たがいに遠く離れた人々の精神にも、特に夢を通して、影響を及ぼすことができるのだと、彼は考えました。このように考えれば、奇妙な偶然の一致も説明がつくし、ある人が、遠く離れたところにいる別の誰かが今何をしているのか、二人の間に何の通信手段もないのに、わかってしまうように見える、テレパシーによる意思伝達の報告も、説明してくれると考えたのです。

ある有名な例があります。ユングはよく、ある患者の話をしました。この患者がユングに、スカラベという黄金の甲虫にまつわる夢について語っていました。するとまさにその瞬間、窓をコツコツとたたく音がしました。ユングが窓を開けると、甲虫が飛び込んできました。彼はそうした意味がありそうに思われる偶然の一致のことを「共時性《シンクロニシティー》」と名づけました。それはたとえば、あなたが友達に電話をかけようかなと考えていたら、あなたがそうする直前に、友達のほうから電話がかかってきたような時のことです。その感覚は、誰でも知っています。けれども、誰かに電話を掛けようと思って、相手から先に電話がかかってこないことは、いったい何回くらいあるでしょうか？共時性に、本当に何か意味があるかどうか、本当は単なる偶然の一致ではないかどうか、確信をもって述べるのは難しいことです。けれども、『神の闇黒物質』のような物語のためには、それはどちらでもよいことであり、私たちは共時性の存在を信じ、さらにもっと多くのことを、信じてもかまわないのです。

ダストに意識はあるか？

こう考えてもよいでしょう、教授と客しか入れない「奥の間」に忍び込もうとライラが決意したのが、彼女は知らされていなかったのに、アスリエル卿がオックスフォードに戻ってきたまさにその日にあたったのは、共時性だったのだ、と。では何が、彼女の頭の中に、そういう考えを思いつかせたのでしょうか？

『神の闇黒物質』では、ダストが、ユングの集合的無意識のような働きをします。ダストは、あらゆる場所で起こっていることを知っており、人々にこれを気づかせることができます。ただしそれは間接的に、夢や、『易経』や、メアリー・マローンのコンピュータや、そして真理計を通して、知らせるのです。ユングは、『易経』に魅了されて、精神分析の間に、患者たちとともにそれを用いました。たぶんこのことが、彼が集合的無意識と意思疎通するのに役立ったのでしょう。あるいはたぶん、それは、人々に自分の問題について注意深く考えさせ、自分で、あるいは精神分析医の助けを借りて、解決方法を見つけ出させてくれる、『易経』の力のもうひとつの例なのかもしれません。

念のために言っておくと、ユング自身が精神分析医の手助けを受けておけばよかったのに、と考える人たちもいます。ユングは、精霊、彼がフィレモンと名づけた天使のような存在が、いつも自分とともにいてくれると信じていました。ほかの誰も、フィレモンを見ることはできなかったので、それはライラの世界のディーモンとは異なりますが、それでもフィレモンはユングにとっては実在するように思われたのです。ユングはよくフィレモンと一緒に庭を歩きながら（おかげでフィレモンは庭の天使のようなものになりましたが）、哲学を論じ合いました。精神分析医なら、ユングは実際には独り言を言っていたのだとか、何らかのやり方で彼の意識的な精神が彼の無意識的な精神に語りかけていたのだと言うことでしょう。フィレモンは、統合失調症《スキゾフレニア》という病気を持つ人々が経験する種類の幻覚と、よく似ています。

こういう話は、私たちが学校で習う種類の科学とは、あまり似ていないように見えます。そちらでは私たちが見たり、触れたり、嗅いだりできるものしか、扱わないからです。重りの落下とか、化学の実験とか、種から植物がどのように育つかの研究とか、そういう科学です。私たちが測定によって証明することのできるようなものは、現実的です。すべてのものは、現実的で、硬い原子からできあがっているという考え方は、共時性のような考え方とは、何の関係もないように思われます。けれども、二〇世紀、ユングが精神の働き方について彼の新しい考え方を発展させていたのとちょうど同じころ、科学者たちは、原子と粒子の世界を理解する新しい方法を発展させつつありました。

科学の魔法

この新しい種類の科学は、量子力学と呼ばれます。量子力学は、コンピュータの中のチップがどのように働くか、DNA分子がどのように作用して生き物を生きつづけさせているか、原子力発電所がどのようにして熱を発生させるか、レーザーはどのように働くのか、そのほかさらに多くのことを説明してくれます。けれども、量子力学はまた、原子と粒子の世界が、あらゆる点で『神の闇黒物質』の世界と同じくらいに奇妙であるとも、教えてくれます。これはびっくりするような話ではありません。じつはこの三部作は、量子力学に基づいているからです。

ユングは、この新しい物理学にとても関心を持ちましたし、多くの量子力学者たちが、ユングの仕事に興味を寄せました。ユングは、一九四五年にその業績でノーベル賞を受けた物理学者ヴォルフガング・パウリ（一九〇〇－五八）と、とりわけ親しくなりました。二人は、量子力学が共時性を説明するように思われる点に、特に関心を抱きました。共時性は、三部作の第三巻『琥珀の望遠鏡』で重要な役割を果たしますので、私たちは後ほどこの話題を取り上げましょう（第十章）。三部作の第二巻『神秘の短剣』に入ると、ライラの世界は、私たちの世界に似た世界を含めた、たくさんの世界の中のひとつにすぎないことが、私たちにも正しく理解できるようになります。ウィルとライラがこれらの世界の間を旅するようになるのも、この巻からです。あなたはこれを純粋な空想だと思ったでしょうか？　もし思ったとすれば、あなたは間違っていました。これから私たちが見るように、「多重世界」という考え方は、まるごとそのまま、量子力学から出てきているのです。

第5章　別世界▽世界のかなたの世界、そして量子ネコ

「量子力学を理解している人は誰ひとりいないと言って、差し支えないでしょう。もしなんとか避けられるのであれば、『でも、どうしてそんなことがありうるのだろう』などと、いつまでも考えこんでしまってはいけません。なぜなら、考えたところでまったくの無駄。考えは〝排水溝を通って〟袋小路に行き着くだけで、そこから抜け出した人はまだいません。どうしてそんなことがありうるのかなど、誰も知らないのです。」

リチャード・ファインマン【アメリカの理論物理学者（一九一八-八八）】

「ネコは前足を差し出して、目の前の空中にある何かをたたこうとした。ウィルにはまったく見えない何かを。それから、うしろに飛びのいて、弓なりに背中を曲げて毛を逆立て、しっぽをピンと立てた。ウィルは、ネコの習性をよく知っている。ウィルがさらに注意深く見まもっていると、ネコはまたおなじ場所に近づいた。シデの並木と庭の生け垣のあいだの、何もない芝生の一画だ。そしてふたたび、空中をたたいた。

ネコはまたうしろに飛びのいたが、こんどは、さっきよりも短い距離で、警戒心もうすれていた。さらに数秒、くんくんにおいをかいだり、さわったり、ひげをぴくぴく動かしたのち、好奇心が警戒心にうち勝った。

ネコは前に進み、姿を消してしまった。」

【『神秘の短剣』1章「ネコとシデの木」】

一匹の名前もないネコが、『神の闇黒物質』三部作の最も重要な登場人物のひとりです。まず、このネコはウィルを、彼の世界のオックスフォードからチッタガーゼに通じる窓へと導きます。それから、このネコは、ウィルとライラの注意を石づくりの「天使の塔」に引き寄せ、彼らが神秘の短剣の守り手の老人ジャコモ・パラディシを見つけるきっかけとなりました。ウィルはそこで、トゥリオと決死の戦いをくり広げ、二本の指を切り落とした末に、短剣の持ち主となります。最後に、ライラとウィルがウィルの世界から逃れるとき、このネコがチャールズ・ラトロム卿とコールター夫人の注意をそらしてくれたおかげで、二人は救われます。

一匹の名前もないネコはまた、量子力学の物語の中でも、最も重要な登場人物のひとりです。このネコは、オーストリア人の物理学者エルヴィン・シュレーディンガー（一八八七―一九六一）が考案した、架空の生き物です。そして、彼のネコは、どのようにして別の世界が私たちの世界の隣に本当に存在するのかを、科学的に説明する物語の一部なのです。

量子世界を求めて

シュレーディンガーは、一九二〇年代に、原子や電子のようなもののふるまいを支配する法則を考え出した、量子力学のパイオニアのひとりです。彼らはこれらの法則を、ひとつには、異なる種類の原子（異なる元素）が異なる色の光を放つやり方を見ることによって、考え出しました。彼らはまた、放射能のような現象を研究しました。放射能という現象では、ある元素の原子が、小さな粒子を吐き出して、別の元素の原子へと姿を変えます。

一九二〇年代に考え出された量子力学のさまざまな法則が正しいことは、疑いありません。その根拠は、それらの法則を使って原子がどのようにふるまうかを予測することができ、その予測を実験によって検証することができるからです。

それこそが、科学なのです。世界がどのように働くかについて何か考えを持ったら、あなたはその考えを実験でもって検証し、その検証を通過した考えだけを取っておくのです。それは、何世紀も前に、ウィリアム・ギルバートが行なったことでした。この点が、科学が宗教とは異なる所以《ゆえん》です。私たちが科学を手に入れる以前には、惑星が太陽の周りを回っていることとか、そういう世界のあり方は、神様がそうなることを望んでおられるから、そのようになっているのだと、人々は信じていました。そして、なぜ神様は世界がそうであることを望まれたのか、世界はどのようにできているのかとたずねることは、人々には、許されていなかったのです。

けれど、実験者が思いつくかぎりの検証に耐えてきているとはいえ、量子の法則はとても奇妙です。それらは、私たちが日常生活から得る「常識的」な世界観とは、うまくかみ合いません。量子力学の法則が発見されて以来、どうしたらそれらを理解できるのかについて、物理学者たちはずっと議論を続けています。さまざまな物理学者が、「解釈」と呼ばれる、さまざまな説明を持っています。それはフロイトとユングが夢の解釈をめぐって議論したのと、ちょっと似ています。

シュレーディンガーは、これらの解釈がじつはどれほど奇妙であるかを示すために、彼の架空のネコを含む想像上の実験をつくり上げました。量子力学についての（特に、二〇世紀における）標準的な考え方は、コペンハーゲン解釈と呼ばれています。そのほとんどが、その都市に集った科学者らによって考え出されたからです。その解釈が説明しようとする量子世界については、ふたつの決定的に重要な事柄があります。第一の事柄は、量子確率論と呼ばれます。量子の法則によると、量子世界では、何も確かなものはありません。いろいろなことが偶然によって起こりますが、偶然にも法則はあります。ちょうどサイコロころがしのようなものです。それぞれのサイコロには六つの数字が記されており、もしそれが適切にバランスの取れたサイコロであれば、その数字はいずれも、六回に一回は出る可能性があります。あらかじめどの数字が出るかを言うことはできませんし、最後に出たのがどの数字であろうと、それらの数字のいずれにも、次に出る可能性が1／6はあります。

もしふたつのサイコロを持っていれば、さまざまな数字を得るさまざまなやり方があります。十二を得るには、ただひとつのやり方、つまりふたつとも六の目を出すしかありません。しかし、十一を得るには、ふたつのやり方があります。第一のサイコロで五を出し、第二のサイコロで六を出すか、第一のサイコロで六を出し、第二のサイコロで五を出すか、です。だから、もしあなたがふたつのサイコロを一緒にころがせば、十一を得る可能性は、十二を得る可能性の二倍になります。十を得るには、さらに多くのやり方があります、六と四でも、四と六でも、五と五でもかまいません。以下、同様です。

可能性は残されている

量子確率論では、たくさんの原子を扱うことになるので、話はさらに複雑になりますが、それでも、何が起こっているのかを知るのに役に立つ、きちんとした統計学の法則があります。そして、放射能に関する、まさにうってつけの例があります。

量子の法則が教えるところによると、同じ元素の放射性原子が大量にあれば、ある時点で正確にその半数が粒子を吐き出し、別の種類の原子へと変化する、とされます。この過程は、放射性崩壊と呼ばれます。これに関わるさまざまな法則はとても複雑で、ここでその説明をする紙幅はありません。けれども、重要なことは、それらの法則はすべて、実験による検証を受けており、その検証を通過しているということです。したがってそれらは、はっきりと科学的な法則であると言うことができます。魔法や宗教の法則では、ありません。

放射性崩壊に関わる時間は、半減期と呼ばれます。一半減期の間に、原子の半数が崩壊するからです。半減期は、放射性元素の種類によって異なります。たとえば、放射性炭素の場合は、半減期は五七三〇年です。いくつかの放射性元素の半減期はそれよりはるかに長い（数百万年）し、逆にはるかに短い場合（一秒以下）もあります。

いつあなたが数えはじめるか、いくつ放射性原子があるかは、関係ありません。一半減期が過ぎると、はじめに存在していた放射性原子の半数が、なくなっているのです。五一万二〇〇〇個の放射性炭素原子を含んでいる箱があるとすれば、五七三〇年後には、二五万六〇〇〇個が残っていることでしょう。そこからさらに一半減期が過ぎれば、それらの原子の半数が崩壊するので、一万一四六〇年後には、一二万八〇〇〇個の原子が残ります。さらにまた五七三〇年が過ぎれば、六万四〇〇〇個の放射性炭素原子が残っていることでしょう。以下同様です。

ただし、どれか特定の原子が、いつ崩壊するかを言うことはできません。もしあなたがその箱のそばに腰かけて、そこに入っている五一万二〇〇〇個すべての原子のうち、あるひとつの原子だけを、じっと見ているとしましょう。その原子はたちまち崩壊してしまうかもしれないし、箱の中のほかのすべての原子が崩壊した後でもまだそこに残っているかもしれません。その間のいつでも、崩壊する可能性があります。言えるのはただ、それが一年なり千年なり、とにかく何年後かにそれが崩壊している可能性はどのくらいか、ということだけなのです。それはちょうどサイコロころがしのようなものです——六の目が出る可能性が六回に一回あることはわかっているけれども、何回サイコロを投げようと、次に出るのが六の目かどうかを言うことはできません。それは、完全に行きあたりばったりです。

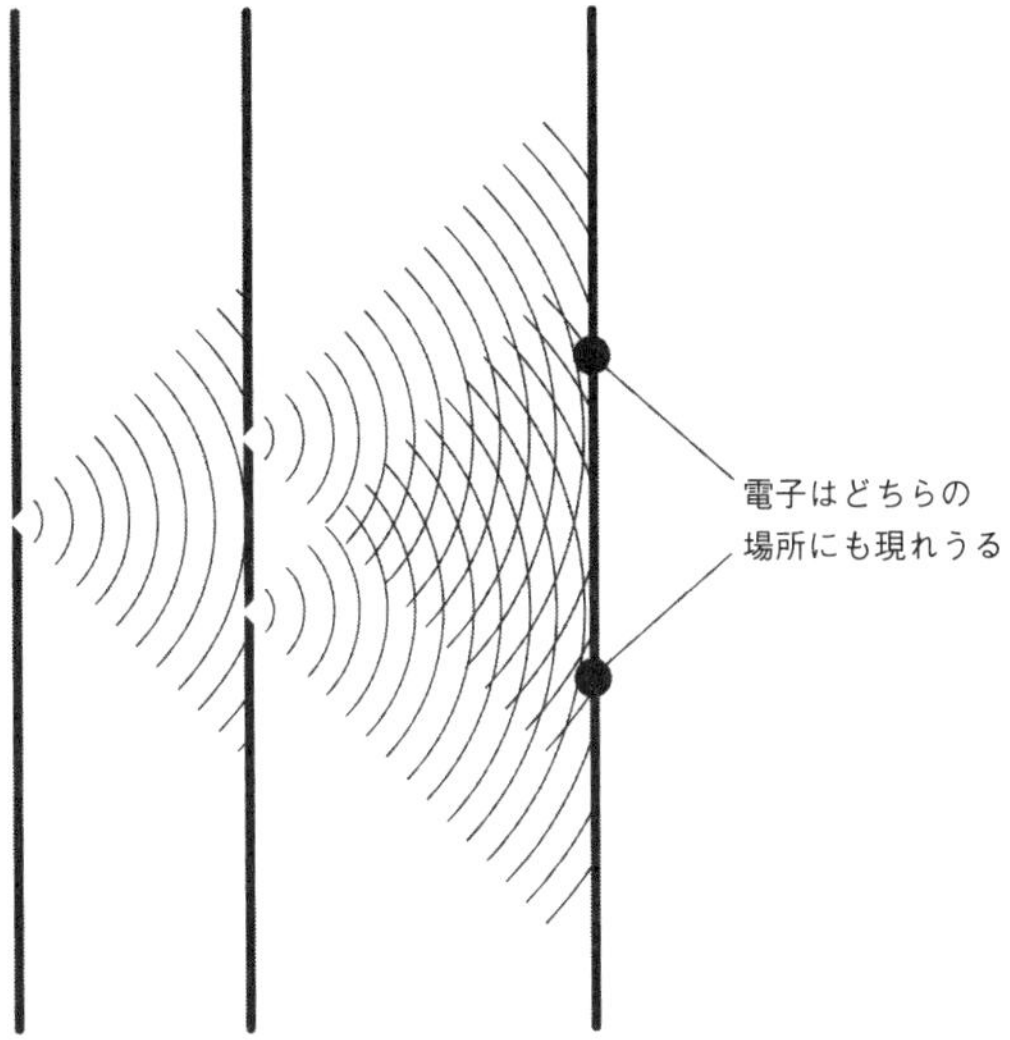

▲ ひとつの電子は、波としてふたつの穴を通り抜けてから、
粒子となる

自分のしていることに気をつけて

量子世界に関するもうひとつの奇妙なことは、コペンハーゲン解釈によると、あなたがそれを見なければ何ひとつ現実にはならない、ということです。さらに奇妙なことには、電子のようなものの性質は、あなたがそれをどのように見るかによって変わるのです。厳密に言うと、大事なのは、それを見ることではなくて、それを見つけることです。けれども、結局は同じことを意味します。実験が示すところによると、電子は、つねに粒子のようにふるまうわけではありません。動いているとき

には、波のようにふるまいます。

科学者は実験でこれを見ることができます。電子を、小さな穴をふたつ開けたスクリーンに向かって、一度にひとつずつ、発射するのです。するとスクリーンの反対側に置いた検知器は、ひとつひとつの電子が、まるで池の水面に立つさざなみのような波となって広がっていき、一度に両方の穴を通り抜けることを示します。ところが、電子が検知されるところでは、それはまるで粒子に戻ったかのように、小さな弾丸のように検知器にあたります。波が粒子に変わるように見えるこのやり方は、「波動関数の収縮」と呼ばれます。コペンハーゲン解釈は、すべてのものはそれが気づかれているとき以外は、一種の波として存在すると言います。これによると、現実世界は、じつは、私たちのような観察者がそれを見ることによって、現実となっているのです。

これがわけのわからないように見えても、心配することはありません。それはわけがわからないのです。量子の世界がどうしてこんなふうになりうるのか、誰も理解していません。科学者たちでさえ、何が起こっているのか、本当のところはわからないのです。先ほど私たちが述べたことを、額面どおりに受け取ってはいけません。二〇世紀で最も頭の切れる科学者のひとり、リチャード・ファインマンは量子力学でノーベル賞を受賞しましたが、その人でさえ「量子論を理解している人は誰ひとりいない」と言っていました。だからこそ、私たちは電子のふるまいについて、慎重に、それは「まるで」波か粒子の「ようだ」と言い続けてきました。それが本当は何なのか、私たちは知らないのです。

混乱した原子

シュレーディンガーは、波動関数の収縮が、放射性原子のようなものにも、影響を与えることに気づきました。ひとつの原子をじっと見て、それが崩壊するのを待っているところを想像してみてください。実験によって検証された統計上の法則は、一定の時間の後でそれが崩壊する一定の可能性があることを（サイコロをころがすときに六の目が出る可能性のように）教えてくれるでしょう。三〇分後に崩壊する可能性は1／10かもしれないとか、一日後に崩壊する可能性は9／10かもしれないとか、そういうことです。さて、そうすると、原子が崩壊する可能性が、ちょうど半分半分であるような時間も、あるはずです。もしあなたがその原子を見ていれば、その原子は崩壊するか、しないかのどちらかで、その瞬間は過ぎていきます。では、もしあなたがそれを見ていなければ、どうでしょうか？

原子が崩壊する可能性が半分半分である瞬間には、コペンハーゲン解釈によると、その原子は混乱した状態、つまり、崩壊しようかしまいか、決心しかねている波の状態にあるとされます。その波は一方に収縮するかもしれません。そうすれば原子は崩壊します。あるいはその波は、反対方向に収縮するかもしれません。そうすれば原子は崩壊しません。けれども、それはまだ、どちらの方向にも収縮していないのです。原子がそういう入り混じった状態にあるところを思い描くのは、難しいことではありません。そもそも原子がどんなふうに見えるのか、私たちは知らないのですから。だから、この点を気にした人は、誰もいませんでした。シュレーディンガーが、彼の架空の実験を思いつくまでは。

この実験を今までに行なった人はひとりもおらず、したがって傷つけられたネコは一匹もいないということは、言っておかなければなりません。——それは「すべて頭の中の出来事」で、「思考実験」として知られているものです。

収縮するネコ

シュレーディンガーは、こういう入り混じった状態にある放射性原子のひとつが、生きているネコと一緒に、カギのかかった部屋に閉じ込められているところを想像してみました。たったひとつの放射性原子では、そのネコを傷つけることはできません。けれども、もしその部屋の中に、放射能をたったひとつの原子からでさえ検知できる機械があれば、その機械を、もし原子が崩壊したらネコを殺してしまう、身の毛もよだつような装置に取りつけることもできます。シュレーディンガーはたずねました。原子が半分半分の状態にあって、収縮するかどうか決めていないときには、そのネコはどんな状態にあるだろうか、と。

コペンハーゲン解釈によると、あなたがそれを見るまで、現実となるものは何もありません。もし誰かが扉を開いて中を見れば、その人は死んだネコか生きているネコのどちらかを見るでしょう。けれども、もし誰も見なければ、この解釈によると、この実験全体が、つまり原子も、機械も、身の毛もよだつ装置も、ネコも、みんな入り混じった状態にあって、誰かが扉を開いたときに収縮するのを待っていることになります。それはまるで、ネコが死んでいるのでも生きているのでもないようなものです。あるいは、生きていると同時に死んでもいるようなものです。

わけのわからない話ですが、本当に不思議なことは、生きていると同時に死んでもいるネコがいると語る、この同じ法則や方程式が、コンピュータやレーザーやDNAがどのように働くかを説明する法則や方程式でもあるということです。実際に人々は、コンピュータやレーザーを設計したり、遺伝子操作をしたりするときに、これらの法則を利用しているのです。もしこれらの法則が正しくなかったら、そういうこともどれひとつうまくいかないことでしょう。シュレーディンガーのネコの「実験」をやってみた人はいませんが、その同じ法則はその実験が成功することを予言しているように思われます。

とはいえ、ネコが本当に死んでいると同時に生きてもいるなどということを信じる人はいません。では、何が起こっているのでしょうか？

たくさんの世界

いちばんうまい説明は、多世界解釈と呼ばれるもうひとつの量子論的解釈です。あなたがそれを見るまでは何も現実とはならないと言う代わりに、多世界解釈は、あなたがそれを見ていないときでさえ、すべてが現実なのだ、と言います。

それはネコの問題をどのように説明するでしょうか？　こんな具合です。原子が崩壊しようかしまいか決めかねて、入り混じった状態にあると言う代わりに、多世界解釈は、それは両方をするのだと言うのです！　その説によると、世界全体（全宇宙）はふたつに分かれるのです。片方の世界では、原子は崩壊してネコは死にます。もう片方の世界では、崩壊は起こらず、ネコは生きます。片方の世界では、あなたは扉を開き、死んだネコを見ます。もう片方の世界では、あなたは扉を開いて、生きているネコを見ます。したがって、あなたも二人、すべての人ものもふたつずつ存在することになります。すべては、たったひとつの原子が、崩壊するかしないかという選択肢を持ったことに、起因するのです。

多世界解釈によると、このような分岐は、量子世界で何かが選択に直面するたびごとに起こります。したがって、たがいに異なる、たいへんな数の世界が存在することになります。それらの世界は、隣り合ってか、重なり合ってか、とにかくともに存在しています。その違いはとても小さなものかもしれません（ひとつの世界では死んだネコ、もうひとつでは生きているネコ、のように）。あるいは、ひょっとすると、とても大きな違いがあるかもしれません。

『神の闇黒物質』に登場する魔女たちは、多世界に関することをすべて知っています。セラフィナ・ペカーラという魔女の、雁《がん》の姿をしたディーモンであるカイサは、ライラにこう語ります。

「さまざまな別世界は、時々、北極光の中に見えることがあります。それはこの宇宙の一部ではありません。さいはての星ですらこの宇宙の一部なのですが、それとはまったく別の宇宙が存在していて、それを北極光が見せてくれるのです。といっても、もっと遠くにあるわけではなく、この宇宙と完全に浸透し合っているのです。この甲板の上にも、何百万という別の宇宙が存在しています。おたがいに気づかないままに……。」

【『黄金の羅針盤』11章「よろい」】

さまざまな世界をつくる

このようにほかの世界を「つくる」のは、放射性原子だけではありません。たとえば、あなたの脳は電子を伝えることで働いています。したがって、あなたの脳の中には、量子の法則に従わなければならない電子が存在しています。電子の動き方は、あなたの考え方に、影響を及ぼします。したがって、人々が行なうことは、量子の法則から影響を受けていることになります。あなたは、これからどうしたらよいか、ふたつの考えの間で決めかねたことはありませんか？　もしあれば、たぶんあなたは、入り混じった状態にある放射性原子になるのはどんな気分か、ご存知でしょう！

▲分岐する世界

世界の分岐は、原子のようなものが崩壊するときばかりでなく、私たちが決心をするたびごとに起こると考える人たちもいます。だとすると、もしあなたがこの本を置いてビスケットを食べに行こうと決心すれば、あなたがここにとどまって先にこの章を読み終えようと決心する、もうひとつの世界が生まれることでしょう。

ビスケットは食べましたか? たぶんあなたは今、別の世界をつくったところです。それはたぶん私たちの世界とあまり違わないことでしょう。けれども、時には、人々が何をするかが、歴史に大きな影響を持つこともありえます。たとえば、私たちの世界では、ノルマンディー公ウィリアムが一〇六六年にイングランドを征服し、イングランド王ハロルドはヘイスティングスの戦いで殺されました。しかし、もし多世界解釈が正しければ、ハロルド王が殺されず、ノルマン征服が起こらず、イングランドがまるで違った場所になった別の世界も、存在するに違いありません。歴史上のあらゆるひとつの出来事の、あらゆる可能な結果は、本当に起こってきたのです。このような見方からすると、あらゆる世界が現実なのです。たとえ私たちの目には見えなくても。

ちなみに、私たちの世界では、このような量子力学の解釈は、一九五七年に、アメリカのヒュー・エヴェレット（一九三〇‐八二）によって提唱されました。彼の名前は『神秘の短剣』にも出てきますが、私たちの世界に実在した科学者です。エヴェレットは並行宇宙という考えを立派な科学にしましたが、それははるか以前からSF小説で用いられてきました。残念ながら、それらの小説はあまりよいものではありませんでした。けれども、一九五七年以来、並行世界に関するよい物語や、歴史上の何かちょっとした違いが全世界を変えてしまったとする「もうひとつの歴史《オルターナティヴ・ヒストリー》」の物語が、たくさん書かれてきました。その傑作のひとつが、キース・ロバーツの『パヴァーヌ』です。もしあなたが『神の闇黒物質』三部作を気に入ったのなら、たぶんこの作品もお気に召すでしょう。

ある意味では、すべての物語は、並行世界もしくは「もうひとつの歴史」をめぐるものです。たとえば、シャーロック・ホームズという探偵は現実には存在しませんでした。少なくとも、私たちの世界には、いませんでした。たぶん、多世界のひとつには、シャーロック・ホームズという人が本当に存在するのでしょう。そこに行かなければ、私たちには知ることができません。

それこそが、たとえ多世界解釈が正しいとしても、これまで述べてきたことの問題点なのです。お隣りの世界や、もっと遠くの世界へとたどり着くためには、あなたはなんとかして、空間の三つの次元すべてに対して直角を成す方向に、横滑りに旅をしなければなりません。私たちは誰でも、三次元の中を動くことについては知っています。上下、左右、前後に行くことはできます。これら三つの次元の中を動くことによって、地球上の（あるいは全宇宙の）どこにでも、あなたは行くことができます。それぞれの次元の方向は、ほかのふたつに対して、直角を成しています。けれども、ほかの世界は、このうちのいずれとも異なる方向にあります。試しに、通常の三つの次元すべてに対して直角となる方向を想像してみて、それからその方向に動いてみてください！　もし私たちの世界から、さまざまな別の世界のひとつに向かって開いている扉か窓のようなものがあれば、ずっと簡単になるでしょう。

そこで神秘の短剣の話になります。そして、この物語の多くの部分と同様に、この短剣そのものも、本物の科学に基づいているのです。

第6章 神秘の短剣▽隠された次元、そしてそれらを切る方法

「原子のこととなると、言葉は詩の場合のようにしか用いることができない。詩人もまた、イメージを創造することに比べれば、事実を描写することになど、ほとんど興味がないのだ。」

ニールス・ボーア【量子論創成期のデンマークの物理学者（一八八五－一九六二）】

「金属の表面のすぐ下には、雲状のさまざまな色が、命あるもののように渦巻いていた。あざのような紫《むらさき》、海のような青、土のような茶色、雲のような灰色、うっそうと茂《しげ》った木々の下の深緑、さびれた墓地に夜のとばりがおりるにつれて墓穴の入口に集まる暗闇――影色《かげいろ》などというものがあるとしたら、〈神秘の短剣〉の刀身こそ、まさにそれだった。

けれども、両側の刃《は》の部分は別だった。さらに言えば、両側の刃は、それぞれ違っていた。片側は澄んだ輝きを持つ鋼《はがね》で、すぐに本体の神秘的な影色に混じってしまうのだが、たぐいまれな鋭さの鋼だった。ウィルは、それを見て、思わず目をそらした。それほど鋭く見えたのだ。もう一方の側の刃は、同じくらい鋭かったが、銀色をしていた……」

【『神秘の短剣』8章「天使の塔」】

天使の塔におけるトゥリオとの闘いの後、ウィルはジャコモ・パラディシから神秘の短剣の使い方を教わります。短剣はとても鋭いのでどんなものでも切り裂くことを、彼は学びます。刀身の一方の刃は、かぎりなく薄いのです。私たちの世界に実在する短剣は、どんなに薄いものでも、原子ひとつ分の厚みは必ずあります。普通の物質（バリオン物質）は、原子でできているからです。もしそのような短剣があれば、刃が鈍《にぶ》らないかぎり、それは原子と原子の間にあるすき間を切り裂いて、通常のバリオン物質でできたどんなものでも、この上なく小さな破片にまで切り刻んでしまうでしょう。神秘の短剣の第一の刃、鋼の刃は、そのようなものです。ウィルが熊のイオレク・バーニソンの鎧《よろい》をすぱっと切るのに使うのは、こちらの刃です。けれども、第二の刃、銀色をした刃は、一見、魔法の力を持つように思われる刃です。それはかぎりなく薄いので、原子そのものの中へと切り込むことさえ、いやさらには、原子の内側にある粒子、中性子や陽子といった素粒子を切り裂いて、その内側にあるものを解き放つことすら、できるのです。

ひもがキモ

素粒子の内側にもまだ何かあるなどということが、どうしてありうるのでしょうか？　そんな話は純粋な空想に違いないと？　しかしこれすらも、いったん理解してしまえば科学となるような魔法なのだとわかるでしょう。これもまた、ひとつの隠された真実なのです。唯一の問題は、私たちがまだ、素粒子の内側で起こっていることについて、真実を明らかにすることができるような短剣をつくれるほど、賢くはないということなのです。その代わりに、私たちの世界の科学者たち、つまりライラの世界の実験神学者に相当する人々は、コンピュータを使って、何が起こっているのかを知ろうとしています。彼らは、とても複雑なコンピュータ・ゲームのような、現実のシミュレーションもしくはモデルをつくります。ゲームのルールは、これらのシミュレーションの内側の世界が、私たちが現実世界で見る粒子とよく似た粒子をつくらなければならない、というものです。それは、現実の飛行機と同じように反応するシミュレーターを地上で使って、パイロットが飛行機の操縦訓練を受けるのと、ちょっと似ています。そういうことは、ライラや、あるいはアスリエル卿の目にすら、魔法のように見えることでしょう。けれども、私たちにとっては、それは科学です。

私たちが現実の世界で見る粒子とよく似た粒子をつくり出す、最良のシミュレーションによると、それらの粒子の内側には、何かの小さな小さな輪っかがあるとされています。物理学者はその何かを、ストリング（弦《げん》、ひも）と呼んでいます。これらの輪っかは、むしろとても小さな輪ゴムに似ているのですが、どういうわけか、「ひも」という名前がつけられました。

輪ゴムを引っ張ってはじくと、音楽を奏でそうな音が出ることは、誰でも知っています。これらの「ひも（弦）」は、エネルギーが満ちているため、とてもきつく引っ張られていて、つねにはじかれています。けれども、音楽を奏でそうな音を立てるわけではありません。代わりに、もしある方向にはじかれると、ある種の素粒子のように見え、別の方向にはじかれると、違う種類の粒子のように見えます。私たちが知っているあらゆる粒子は、このように説明することができます。それはまるで、ひもの輪をはじいて奏でた、さまざまな音のようなものなのです。

ひもはどれほど短いか?

これらの輪がどのくらい小さいかを頭の中に思い描くのは、容易ではありません。切手の縁のぎざぎざのふたつの点のあいだを埋めるには、一〇〇〇万個の原子が必要だったことを思い出してください。その原子でさえ、陽子のような粒子の一〇万倍の大きさがあります。そしてたったひとつの陽子の幅をまたぐだけでも、一垓《がい》(10の20乗。一〇〇×一〇億×一〇億)個のひもの輪が必要なのです。これらのひもがどれほど小さいかを想像しようとすること自体、あまり意味がありません。ただ、こんなひもを切るには、とても神秘的な短剣が必要になりそうなことだけはたしかです!

もしこれを切ったとすれば、何が見つかるでしょうか? 本当に頭がくらくらしてもいいように、心の準備をしてください。私たちの宇宙をつくり上げている空間には、三つの次元があったことを思い出しましょう。時間のことを、一種の第四次元として語る人たちが時々います。したがって、それも合わせると、私たちは四次元から成る時空の中で生きている、と言うことができます。けれども、四つの次元でさえ、ひもを研究している人々、すなわち、ひも理論家と呼ばれる人々にとっては、十分ではないのです。

隠された次元

私たちが知る、すべての異なる種類の粒子は、振動するひもで奏でられたさまざまな「音」として、説明可能です。けれども、コンピュータによるシミュレーションが私たちに教えるところによると、この説明がうまく働くのは、ひもが三次元でも四次元でもなく、少なくとも一〇の次元の中で振動しているとした場合だけなのです。どうしてこんなことがありうるのでしょう? どこに、余分な六つの次元は隠れているのでしょうか?

ひも理論家たちは、答えを用意してくれています。それを理解するいちばんよい方法は、もっと日常的なものを例として考えることです。具体的には、どの家の庭にもある水やり用のホースのことを考えてみてください。

ホースは、もともとは一枚の平らなプラスチックの板で、それを丸くして、管状《くだ》にしています。

仮にそのプラスチックがかぎりなく薄いものと見なせば、ホースは最初は二次元のシートだったことになります。長さと幅はあるけれど、高さはありません。一枚の普通の紙もまた、まったく厚みを持たないものであると仮に見なせば、かなり二次元的です。ホースをつくるために、あなたはこの二次元のシートを三番目の次元の方向に丸めます。同じことを、一枚の紙でやることもできます。これで、たしかに、一本の三次元のパイプができました。

　水泳のとき腕に巻きつける浮き袋の要領で、この管の内側から何も外に漏《も》れないように、このホースの両端をつなぎ合わせて、ひとつの輪っかをつくるところを想像してみてください。それは遠くから見たら、どのように見えるでしょうか？　このホースが庭に置いてあるものとします。鳥が空高くからそれを見ました。それはちょうど一本の線が円を描いているように見えることでしょう。線は、ひとつの次元しか持ちません。それには長さはあるけれども、高さも幅もありません。遠くからだと、あなたの三次元のホースが、あたかも一次元の線であるように見えるのです。それはまるで、次元のうちのふたつが、どこかに消えてしまったかのようです。

　ひも理論家たちは、ひもが持つはずの残りの六つの次元についても、同じようなことが起こっているのだと言います。それらの次元は丸められて（もしくは「コンパクト化」されて）いるために、遠くからでは、そのひもがどのようにできているのかを、見ることができません。たとえそのひもが一〇の次元で丸められているとしても、それは、空間の三つの次元と時間というひとつの次元の中では、輪っかのように見えています。けれども、あとの余分な次元の世界に属しているはずの小さな輪っかも、原子や素粒子の内側の深いところで、やはりそこに存在しているのです。ここにもまたひとつ、隠された真実があります。

逃げ出した幽霊たち

ここから、チッタガーゼの幽霊《スペクター》たちはやってきたのです。あの短剣をつくった人々、天使の塔《トーレ・デリ・アンジェリ》の同業者組合《ギルド》のメンバーたちは、それと知らずに、その神秘の刃《やいば》を用いて、素粒子を切ってしまい、さらにその内側にあるひもの輪っかにまで、自分たちが何をしているのかに気づかないまま、切れ込みを入れていたのです。チッタガーゼでライラとウィルが出会った子どもたちのひとりは、何が起きたのかをこう語っています。

「何百年も前に、ギルドの男が、金属をばらばらにしたんだって。鉛《なまり》をね。金《きん》にかえようとしてたんだ。その男は鉛をどんどんどんどん小さく切っていって、できるかぎり小さなかけらにした。それ以上小さいものなんてないくらい。目に見えないくらい小さくだよ。だけど、それもまた切っちゃったんだ。そしたら、それ以上ないくらい小さなそのかけらの中には、スペクターたちがぎゅうぎゅうづめになって入ってたのさ。うんときつくぐるぐる巻きにたたまれてから、全然場所をとらなかったんだ。で、男がそいつを切ったとたん、バン！　スペクターたちがびゅーって飛び出してきて、それからずっと、ここにいついてるんだって。パパがそう言ってた」

【『神秘の短剣』7章「ロールスロイス」】

科学の言葉で言うと、短剣はコンパクト化された次元を開いたのです。それは、ホースの輪を長さに沿って切り、平らに開いてしまったようなものです。もしあなたがこういうことをしたら、いつの間にか管の中に入り込んでいたため、ホースの両端をつなげたときに内側に閉じ込められてしまっていた、ムカデや甲虫など、がさごそ這い回る虫の類いを、解き放つことになるでしょう。同業者組合がひもにこういうことをしたとき、余分な次元に住んでいた幽霊たちはチッタガーゼへと逃げ出し、そこで大人たちの魂を食べつくしたのでした。

けれども、これは単なる事故でした。神秘の短剣の本当の目的は、さらに微妙な切断をすることだったのです。それは単に物質、もしくはひもを切り刻んで、小さな破片にしただけではありません。それは、空間そのものにも、切れ目を入れることができました。つまり、並行宇宙が存在する次元へと開く窓を、切り出したのです。

空間を引き伸ばす

ふつう人々は空っぽの空間を何もないものとして考えます。ならば、どうしてそこに窓を切り出すことができるのでしょうか？　けれども、科学者たちは空っぽの空間をそのようにとらえてはいません。彼らの実験は、空間が現実的な存在を持つことを示しています。彼らは、時空の四つの次元を、エネルギーに満ちた引き伸ばされたゴムのシートのようなものとして、考えています。銀河や恒星や惑星といったものは、引き伸ばされたゴム製シートの上をあちこちころがるビー玉のようなもので、それらがころがる場所には小さなへこみができます。空間とは、一種の平らな壇か舞台のようなもので、あらゆる物質的粒子が（明るい物質も暗い物質も）それぞれに、なすべきことをなすことができるような場所を、つくり出しているのです。

この考え方は人々に、膨張宇宙についての別のとらえ方を示唆してくれます。銀河団が、空間を通り抜けて、動いているのではないのだ、と。銀河団と銀河団のあいだの「空っぽの空間」が伸びているために、それらはたがいに遠くへ遠くへと引き離されつつあるのです。

色つきの水玉模様が一面についている風船を思い描いてみてください。あなたがその風船を膨らませると、色つきの水玉同士は遠くへ離れていきます。けれどもそれらは、風船のゴムの表面の上を移動したわけではありません。ゴムが伸びているから、水玉同士が離れているのです。それは、膨張宇宙の中で、銀河団がたがいに遠ざかるように運ばれていくのと、似ています。

あるいは、つねに一定の割合で大きくなり続ける金魚鉢を想像してみてください。魔法の力で水が現れるので、それはいつでも満杯になっているものとします。このゴム風船型水槽では、中の水の量は魔法によって増えるので、いくら大きくなっても、水はいっぱいのままです。鉢の中の魚は同じ大きさのままで、水の中を楽しげに泳ぎ回っています。それでも、金魚たちの「宇宙」は膨張しています。

世界の中の世界

本書の第五章で述べた多世界について考えるひとつの方法は、何百万という風船が、入れ子になったロシア人形のように、内側に、またその内側にと重なり合いながら、それぞれ独立して伸びていく空間でできているところを想像してみることです。ウィルがある世界の空間に窓を切り開くとき、その窓は別の世界のひとつに向かって開きます。私たちの地球の「下に」別の地球があり、その下にはまた別の地球がある、という具合に、果てしなく続くのです。そして、私たちの地球の「上に」も別の地球があり、さらにその上にはまた別の地球がある、という具合で、こちらも果てしなく続きます。この「風船」が膨張しても、それらの世界は、たがいに隣り合ったままです。すべての世界が、同じ割合で、膨張しているからです。だから、いったんウィルが窓を切ると、それは両方の世界で同じ場所にとどまります。けれども、それぞれの風船は、異なる時空なのです。

けれども、時空についてはもうひとつ問題があります。それは、風船の皮膜《ひまく》のような、日常世界では固体のように見えるものが、じつは原子という小さなかけらからできているのと、同じような話です。また、遠くからだと実線のように見えるもの、たとえばホースが、よく見ると、開くことができるものであるのとも、よく似た話です。量子物理学は私たちに、時空というものが本当は、ゴムのようになめらかで連続したものではないことを教えてくれます。それはむしろ、綿《めん》の布のような、織り上げられた布地に似ているのです。それはまた別の種類の量子のひもで織り上げられています。織り上げられた布地の糸を、とても尖《とが》ったナイフの切っ先を使って、解《ほど》くことができるということは、誰でもご存じでしょう。ウィルは、短剣の守り手なので、神秘の短剣を使って、時空という布地を解くことができるのです。

「短剣の切っ先のことを考えろ。おまえはそこにいるんだ。さあ、そいつを使ってさぐるのじゃ。とてもやさしくな。おまえがさがしているのは、肉眼ではけっして見えないほどの、小さな小さなすきまだ。しかし、おまえの心が短剣の切っ先にあれば、短剣が見つけてくれるじゃろう。この世でいちばん小さなすきまを感じるまで、宙をさぐれ。……

それは、外科用メスの先で縫《ぬ》い糸と縫い糸のあいだのすき間を探すような、繊細な作業だった。ウィルは短剣で触れ、ひっこめ、もう一度たしかめるために触れた。そして、老人が言っていたとおりにして、銀色の刃で横に切った。」

【『神秘の短剣』8章「天使の塔」】

そのようにしてウィルは時空に窓を切り開くことができるのです。別の世界、すなわち、ロシア人形のようにたがいの内側に入れ子状になった、量子論的現実の多世界へと、開く窓を。

けれども、これで話は終わりではありません。こういう種類の伸びる布地をつくり上げているものとして、科学者たちは、空間の三つの次元だけでなく、時空という四つの次元について考えていたことを、思い出してください。もしあなたが空間に穴を開けることができるとすれば、時間にも穴をあけることができるはずです——過去や未来へと向かって開く窓です！　このアイデアは、フィリップ・プルマンが別の本で使えるように、とっておきましょう。けれども、私たちはどのようにして別の地球へ旅することが可能であるかを説明したので、今度は、なぜいくつかの世界は（ライラの世界とウィルの世界のように）たがいにとてもよく似ているのに、別の世界は、たとえば私たちの世界と、メアリー・マローンが車輪つきの動物たちと出会う世界のように、たがいにまるで違っていたりするのかを理解しようとしなければなりません。それはすべて、バランスの問題なのです。

第7章　「もし」の世界▽選択の力、そしてバランス芸

「時間とは、すべてのことが同時に起こらないようにしてくれる、自然の偉大な賜物である。」

C・J・オーヴァーベック【アメリカの物理学者（一九〇一-九七）】

「やつらはまたさがしに来て、うちに押し入ったんだ。まだ夜か、早朝のことだった。僕は階段の上で隠れていたんだけど、モクシーが、ネコのモクシーがね、寝室《しんしつ》から出ちゃったんだ。ぼくはモクシーに気づかなかったし、男も気づかなかった。それで、ぼくが男に体あたりしたとき、モクシーがそいつをつまずかせたんだ。男は階段のいちばん下まで、まっさかさまに落ちていった……。

それでぼくは逃げた。起こったことはそれだけさ。殺すつもりはなかったけど、殺したからってかまいやしない。ぼくは逃げ出して、オックスフォードまで来て、そうしてあの窓を見つけた。でもそれは、このあいだのネコを見かけて、立ちどまってその様子を見ていたおかげだったんだ。あのネコが先に窓を見つけたんだよ。もしあのネコがいなかったら……もしモクシーが、あのとき寝室から出て来なかったら……。」

【『神秘の短剣』13章「エサハットル」】

ウィルのように、「もしあのとき……だったら」という瞬間は、誰にもあります。もし先週私が映画を見に行かずに、代わりに宿題をやってたら、どうなっていたかなあ、というような具合です。

あるいは「……してさえいれば」もあります――もし私がハリー・ポッター第一巻ハードカバー版の初版を買ってさえいれば、今ごろ私はそれを売って、お金持ちになれたのに、という具合です。「もしあのとき……」の瞬間が違う方向に進んでしまったために、私たちの世界とは物事が異なってしまったさまざまな世界については、たくさんのお話があります。本書の第五章で私たちは、量子力学の多世界解釈によると、これらの可能世界、どういうわけか私たち自身の宇宙の「お隣り」にある並行宇宙は、すべて実在するのだと、知りました。私たちの世界とはまったく異なる新しい世界をつくるためには、たとえばハロルド王が一〇六六年のヘイスティングスの戦いで勝利するような、何か大きな変化が必要だろうと、あなたは思うかもしれません。もしそう思ったなら、あなたは間違っています。時には、とても小さな変化が、とても大きな結果を引き起こすことがあるのです。

どっちつかずのてんびん

それはすべて、物事がどの程度まで微妙なバランス状態にあるかによります。たとえばある朝、あなたはあと十分間だけベッドの中にいることに決めたとします。あなたは、そのせいで世界が大きく変わることはないだろうと思うでしょうし、たいがいの日には、そう考えて正しいでしょう。けれども、もしほかでもないまさにその日に、よりによってその数分間のあいだに、隕石が家に落ちてきて、あなたを殺したとします。それは、あなたに関するかぎりは、かなり大きな違いになることでしょう。そしてもしあなたが時間どおりに起きた別の世界では、やがてあなたは偉大な科学者となり、何か恐ろしい病気の治療法を発見したとします。そのような場合、あなたがベッドにとどまった世界と、あなたがそうしなかった世界、このふたつの世界は最後には、たがいにまったく異なる世界になっていることでしょう。

これはありそうにない筋書きです。けれども、多世界解釈によれば、あらゆる可能なことが、無数にある並行世界のうちのひとつで起きていることを、思い出してください。したがって、あなたがどれかひとつの世界で隕石にあたってしまうことは、かなりありそうもないことですが、絶対的に確実なことは、多世界のうちのひとつで、「あなた」の分身が、隕石にあたっているだろうということなのです！

もし、あるものにおけるとても小さな変化が、世界がどうなるかにとても大きな影響を持つ場合、その世界は「初期条件の変化に敏感だ」と言われます。こういうことが起こるには、ぴったり正しいやり方で、物事のバランスが取れていなければなりません。

神秘の短剣がこわれた後、そしてイオレクがそれを修復する前に、ライラはそれを修復すべきかどうか、真理計《アレシオメーター》にたずねます。ライラが得た答えは、全世界の運命がいかに微妙に、彼女たちの選択にかかっているかを、彼女に告げています。

「真理計がこんなに混乱したことない……すごくいろんなことを言ってた。でもはっきりわかったとは思うの。そう思うの。最初にバランスのことを言っていた。短剣は害を及ぼすものにもなるし、良いことをするかもしれない。でもそれは、とてもくずれやすい、とても微妙な種類のバランスだから、ほんのわずかな思いや望みでさえ、それをどっちにもかたむけてしまうかもしれないんだって……。それが言ってたのは、ウィル、あなたのことなの。あなたが何を望むか、考えるか、なんだって。何が良い考えで何が悪い考えになるのかは、言ってなかったけど。」

【『琥珀の望遠鏡』14章「それがなにかを知れ」】

ここで言われているバランスとは、北アメリカのロッキー山脈のとある高い山の尾根に落ちる、一粒の雨のしずくの運命のようなものです。もしそれが尾根の片側に落ちれば、それは西のほうにしたたり落ちて、小川となり、やがて太平洋に注ぐ大河となるかもしれません。もしそれが、ほんの数ミリメートルの違いで、同じ尾根の反対側に落ちれば、何千キロメートルも離れた大西洋に注ぎ込むことになるでしょう。この雨だれの運命は、そう、お気づきのとおり、「初期条件に敏感」なのですが、この場合は、世界は本当には気にしません。

天気の転機

初期条件を大いに気にする出来事のひとつが、天気です。気象学者たちは、天気をコンピュータでシミュレートできるので、このことを知っています。彼らは、実際の今日の気温、気圧などなどに相当する数値のすべてを入力し、それからシミュレーション・プログラムを走らせ、明日の天気がどうなるかを見ます。気象学者の中には、ほんの好奇心から、それらの数値のいくつかをごくわずかだけ試しに変えてみて、もう一度プログラムを走らせる人もいます。彼らは、そうしても明日の予報にたいした違いが出ない場合があることに、気づきます。けれども、とてつもない違いが生まれる場合もあるのです。小さな違いが膨大な違いを生み出す、そういう日には、天気は初期条件に敏感なのです。

こういうごくわずかな変動だけではなく、気象学者たちは、自分たちがプログラムに入力する数値のひとつひとつが、本当に正確に測定されたものであるかどうか、けっして確信を持てません。もしあなたが長い数字の列をキーボードで打ち込まなければならないとしたら、自分がよく覚えているはずのパスワードでさえ、どれほど簡単にちょっとした間違いを犯してしまうものか、おわかりになるでしょう。タイプミスで打ち込まれたたったひとつの数字ですら、最終的な計算には、大きな違いをもたらす可能性があります。だから、天気予報がとても正確なこともあれば、まったく役立たずになることもあるのです。それはただ、その日の天気がどのくらいバランスが取れていたか、によります。

天気に小さな影響を及ぼすかもしれないことをひとつ挙げると、蝶々《ちょうちょう》の羽ばたき方があります。もし一頭の蝶が、花から離れてひらひらと飛び立つ前に、一分間じっとしていたら、それが飛び立つ前に二分間じっとしていた場合と、ごく小さな違いしかないことでしょう。少し奇抜な気もしますが、気象学者たちは、ブラジルで一頭の蝶が羽根を羽ばたかせると、幾日か後には、ロンドンに雨を降らせるかもしれないと、想像します。けれども、もしその蝶が羽ばたかなければ、ロンドンの天気は晴れることでしょう。このため、このように初期条件に敏感であることを全部ひっくるめて、「バタフライ（蝶々）効果」と呼ぶことがしばしばあります。

不完全な数

とはいえたしかに、もし私たちが完全なコンピュータを持ち、あらゆる温度などを正確に測定すれば、これは問題にならないでしょう。そうすれば、天気がどれほど初期条件に敏感であるかに関わらず、天気予報は毎回、完全に正確になるでしょう。

思わぬ障害は、すべての数を完璧に測ることはできないということです。じつは、たったひとつの数なのに完全に測定することができない場合も、時々あるのです！

π（パイ）のような数を考えてみてください。分数を含む数の中には、有理数《ラショナル》と呼ばれる数があります。それらの数はふたつの普通の自然数の比率《レイシオ》として書くことができるからです。それで、半分は1／2で、それは0.5と書くこともできます。四分の三は3／4ないしは0.75です。以下同様です。もしそうしたければ、3の代わりに21／7と書くこともできます。けれども、πのような数は無理数《イラショナル》と呼ばれます。なぜかというと、πの正確な値を与えてくれる自然数（整数）の比率は、存在しないからです。おおざっぱな計算をするだけのときには、πを表わすのに、22／7を使うこともありますが、これはあくまでも近似値に過ぎません。

どうして私たちはπなんて気にしなければならないのでしょうか？　πは、自然界のたくさんの事物の中に現れるから、重要なのです。それは、直径に対する、ある円の（どんな円であれ、その）円周の比率の約数です。したがって、円があるところにはどこにでも、πはあります。そしてそれが、電磁気を描写する方程式や、量子力学の方程式を含めた、別のさまざまな場所で現れます。πのことを知らなければ、テレビ・システムもレーザーも、設計することができません。

もしあなたがπを十進法で書き出してみようとすれば、それは3.14159265535とはじまり、果てしなく続きます。文字どおり、果てしないのです。小数点の後には、無限に数字が続くのです。もし計算のときにπが出てきたら、それをどこかで断ち切らなければなりません。そこであなたは3.1415926を使うことに決めて、そこでやめにするかもしれません。けれども、もしその計算が、天気のようなものに関わる場合で、それがとても敏感にバランスの取れた状態にあるときには、もう一桁《ひとけた》進んで3.14159265を使った場合や、一桁戻って3.141592を使った場合では、まったく異なる予報が出てくることになるでしょう。よりたくさんの十進法の桁数を用いることによって、より正確な答えを得るというわけですら、必ずしもないのです。

πのような無理数はたくさんあり（じつは、無限に存在します）、計算中にはいつでも出てきます。そして、天気のように、少なくとも時々は、初期条件にとても敏感なものはたくさんあります。けれども、もしこれらの無理数のひとつだけでも正確にコンピュータに保存しておきたいと思ったら、そのコンピュータは無限に大きなメモリーを持っていなければならないことでしょう。したがって、どんなものについても完全な予報をすることは、絶対的に不可能なのです。私たちには、だいたいの予想しか、できないのです。そして、初期条件に敏感な物事については、予想はまったく役に立たないことになります。

傾くてんびん

だからこそ、ライラが進める探索の旅は、たとえ彼女が、一方にオーソリティー、もう一方にアスリエル卿というふたつの強大な勢力のはざまにとらえられた、取るに足らない子どものように見えても、あれほど重要なのです。彼女が行なうことは、ブラジルで羽を羽ばたかせて、ロンドンの

天気を変えてしまうあの蝶々のように、さまざまな世界に膨大な影響を及ぼします。すべてのもの

はとても繊細なバランスを取っていて、ライラとウィルが行なうことは、戦い全体の成り行きを決

定します。

もしあなたが昔ながらのてんびん式のはかりを持っていたら、一方のはかり皿にとても大きな重

りを置き、もう片方のはかり皿にもまったく同じとても大きな重りをのせて、完全にバランスを取

るとができます。羽根を一枚加えるだけで、はかりは一方に傾くことでしょう。ライラとウィル

は、その羽根のようなもので、アスリエル卿の勢力のために、そのバランスを傾けるのです。

これが、フィリップ・プルマンの物語の中に埋め込まれた、もうひとつの隠された真実の例です。

彼は私たちに、私たちがする決定は、どんなに小さな決定でも、未来に影響を及ぼすのだと教えて

いるのです。このことを別の言い方で言うと、私たちは自由意志を持っているのです。かつて人々

は、人間が行なうことは神々によって定められており、私たちは神々が望むことをするだけのあや

つり人形のようなものだと、考えていました。オデュッセウスのお話のような、古代ギリシアの物

語は、私たちのなすことは運命によって決定されているとする、こういう考えに基づいてつくられ

ています。すべてのことは、運命によって、あらかじめ定められていると言われ、したがって、た

とえあなたが自分で選んだと考えたとしても（あと数分間ベッドで横になっていようというようなささいなことについてでも）、そのすべては前もって神々によって、あなたのために決められていたことになるわけです。

決心すること

科学が始まったとき、アイザック・ニュートンのような人々もまた、すべてはあらかじめ定められていると考えました。彼らは、科学法則がある種の時計仕掛けのように動くものだと考えたのです。宇宙はまずはじめに「ねじを巻かれた」のだと、そしてまた、もし世界の始まりにあなたが立ち会っていて、後のことをすべて計算できるほどあなたが賢かったら、それ以来これまでに起こったすべてのことは、チクタク進む時計と同じように、予言可能になっていたことだろうと、彼らは考えたのです。

現代の科学は、そうではないのだと、私たちに教えます。ある意味では、初期条件への敏感さのせいで、宇宙そのものが、次に何が起ころうとしているのか、「わかって」いないのです。人間の決定は本当に自由意志で下され、それらの決定が本当に世界全体に影響を及ぼします。結果が小さいこともあるでしょう。大きいこともあるでしょう。けれども、それらの結果は現実のものです。ひとりひとりの人間が、重要なのです。私たちは私たちの人生をどうするかについて、自分なりの決定を下す自由があるのです。

極端に初期条件に敏感なシステムは、カオス的であると言われます。これはたいていの人がカオス（混沌）という言葉で意味することとは異なります。たいていの人にとって、カオスとはただ、めちゃくちゃという意味です。けれども、科学の文脈では、カオスとは、何かがとても初期条件に敏感で、予測不能であるときのことです。それは、今日何かに起こったささやかな変化が、明日起こることに大きな影響を持ちうるときのことです。そしてそれこそが、ウィルとライラが訪れる世界のいくつかが、彼ら自身の世界ととても異なっている理由なのです。

世界が分岐するとき

彼ら自身の世界の間には、本当にかなり小さな違いが、いくつもあります。主として、ライラの世界はウィルの世界ほど多くの技術《テクノロジー》を持っていません——自動車も飛行機もテレビもありません。けれども、どちらの世界にもオックスフォードがあり、学寮があり、教授や学生がいます（ウィルの世界には、ジョーダン学寮はないとしても)。それぞれの世界のオックスフォードには、同じ公園に同じベンチさえあります。

遠い昔に、何か違うことが起きて、このふたつの世界を違うものにしたことは、間違いありません。けれどもそれは大きな影響は持ちませんでした。世界はその特定の変化に対してあまり敏感ではなかったのです。あなたはあなた自身で、物語の中で描かれている種類の相違点が、どんな種類の変化によってもたらされたものか、想像することができます。たぶん、ふたつの世界はエリザベス一世の時代までは、まったく同じだったけれども、そのとき、ライラの世界になったほうの世界では、スペインの無敵艦隊がイングランドを侵略することに成功したのでしょう。

けれども、ミュレファの世界は、ライラの世界ともウィルの世界ともまったく異なっています。その世界をつくった変化は、何か特に敏感なときに、そしてとても遠い昔に、起こったに違いありません――たぶん恐竜の時代よりも、はるかに前でしょう。

かぎりない可能性

多世界のひとつでは、どんなことでも起こりうるのでしょうか？　必ずしもそうとはかぎりません。私たちが何かを想像できるからといって、それだけで、それが可能だということにはなりません。もし多世界解釈が正しければ、可能なことはどんなことでも、多世界の中のひとつで起こりえます。実際、ある出来事が一度起こり、しかも無限の数の世界が存在するとすれば、そのことが起こる無数の世界が存在しなければなりません！　無限足す無限は、やはり無限なのです。

無限というのがどれほどへんてこであるかを示してくれる、うまい例があります。無限の数の部屋があるホテルを想像してください。今すべての部屋が埋まっているとします。もし誰かがこのホテルに到着して、一部屋借りたいということになれば、受付係がしなければならないことと言えば、ただ、一号室の人を二号室に、二号室の人を三号室に、などなどという具合に客を動かすことだけです。そうすれば、新しい客は一号室に泊まることができます。

あるいは、無限の数の新しい客が到着したとしましょう。彼らがしなければならないことはただ、一号室の客を二号室に、三号室の客を六号室に、五号室の客は十号室に、などなどと客を動かすことなのです。もともと二号室にいた客は四号室に動かなければなりません。同じように、四号室にいた客は八号室に移動しなければなりません。以下どこまでも、どこまでも続けます。こうしてすべての人が移動すると、無限の数の奇数番号の部屋が空き部屋となります！　そしてあなたはこういう仕事すべてをあなたの好きな回数だけ、くり返すことができるのです――無限回でさえ。

無限ホテルでは、たとえそのホテルが満室であろうとも、いつでも無限の数の新しい客を受け入れることができます。しかも、これを無限の回数くり返すことができるのです。同じように、もし無限の数の世界があるなら、無限の数の異なる世界だけでなく、無限の数のまったく同じ世界を、受け入れる余地もあります。

しかしこれは物語から離れつつあるようです。大事なことは、多世界解釈によれば、すべての世界は可能な世界でなければならないということです。私たちが知るかぎり、文字どおり無限に鋭い刃を持つ短剣をつくることは不可能でしょう。したがって、神秘の短剣を含む世界は、本当は存在し得ないのでしょう。それはそれでかまいません。結局のところ、この物語は虚構のはずなのですから!

けれども、車輪を持つ生き物――ミュレファについてはどうでしょう? そのような世界が本当に存在しうるのでしょうか? もしかすると、存在するかもしれません。彼らの生き方は、共生として知られるものの一例です。あらゆる点でミュレファたちと同じくらいに、共生に頼っている生き物は、私たちの世界にはたくさんいるのです。

第8章　ともに生きる▽車輪の本質、ハチドリ、そして生きている惑星

「個人の命が意味を持つのは、それがあらゆる命あるものを、より高貴に、より美しくするのに役立つあいだにかぎられます。つまり、命は神聖なものであり、それは、ほかのあらゆる価値が従属する至高の価値なのです。」

アルバート・アインシュタイン

「メアリーは、どっちが先だったのかと考えはじめた。車輪かかぎづめか？　乗り手か木か？　が、もちろん、ほかの要素もある。地質だ。生き物があんな車輪を使えるのは、自然の幹線道路《ハイウェー》を備えた世界だけだ。あの溶岩流《ようがんりゅう》の含有鉱物《がんゆうこうぶつ》には、広大な草原《サバンナ》の上をリボンのような線となってのび広がり、風化作用やひび割れに対して強い耐性を持つような、何らかの特徴があるに違いない。メアリーは、少しずつ、すべてのものがどんなふうに結びついているのかわかってきた。どうやらそのすべてが、ミュレファによって、管理されているようだった。」

【『琥珀の望遠鏡』10章「車輪」】

ミュレファは、メアリー・マローンが『易経』を読むことによって導かれていった世界に住む、知性を持つ住民です。その世界のほかの動物たちと同じように、彼らは四本の脚を持っています。けれども、ネコや犬やその他の私たちの世界の動物たちのように、前に二本、後ろに二本の脚を持つ代わりに、彼らの手足はダイヤモンド型に並んでいます。前に一本、後ろに一本、そして左右両側に一本ずつです。したがってこの世界の野生動物たち、私たちの鹿に相当する動物たちは、「前後に揺れる奇妙な動きでもって動いていた」のです。

奇妙な協力関係

けれども、ミュレファはもっとうまい動き回り方を発見しました。彼らは、四足《よつあし》だけでなく、象のような、力強くてしなやかな鼻を持っており、彼らは、私たちが手を使うように、それを使うことができます。だから彼らは手が必要ではなく、四本の脚はただ移動のためだけに用いられます。ミュレファは、彼らの世界に生えている巨大な木から落ちた、大きな丸い種《たね》のさやを、車輪として使えるように、進化したのです。

ミュレファの前足と後ろ足にはそれぞれ、さやの真ん中に開いた穴に引っかけることができる、ちょうどよい大きさと形をした、特別に適応したかぎ爪を持っています。これが、車輪に取りつけられた車軸の役割を果たし、さやから出る油分が「軸受け《ベアリング》」の潤滑剤として働きます。横に突き出した二本の脚は、推進力として用いられます。こうしてこの生き物は、この惑星の平原に縦横《じゅうおう》に張りめぐらされた、凝固した火山性溶岩でできた自然の「道路」を、風を切って進むのです。――その姿はちょっと、二本の長いストックを使いながら雪の上を進むスキーヤーを連想させます。

ミュレファは、このさやを必要としています。ところが、木もまた、ミュレファを必要としていて、彼らのおかげで繁殖し、生きのびることができているのだと、やがてわかってきます。このさやはとても丈夫で固いので、それが割れて、中の種が外に出るには、溶岩の道路に長い間激しくたたきつけることが必要なのです。その激しいたたきつけは、さやがその「乗り手」たちをあちこちへ運ぶあいだに起こります。さやがぱっかり割れると、ミュレファは種を取り出し、それを植え、大きくて強い木になれるように面倒を見ます。ふたつの種類の生き物が生きのびるためにおたがいに依存し合っている、このような種類の関係は、共生と呼ばれます。

では、こういう関係は、どのように始まったのでしょうか？　ずっと昔には、ミュレファを必要としなかったその木々の祖先、木々を必要としなかったミュレファの祖先が、存在していたに違いありません。彼らは進化の過程で、だんだんとおたがいに依存し合うようになっていったに違いないのです。

自然選択の本質

これがどんなふうに起こったかを推察するのは、簡単なことです。ずっと昔、ミュレファの祖先たちが丸いさやを車輪として使うコツを最初に発見したときには、いちばん強いかぎ爪を持つ個体群が、よりうまくバランスを取ることができ、より効果的に車輪を使うことができたのでしょう。したがって、彼らはより遠くまで動き回ることができ、食べ物や住むのにいい場所を見つけ、結婚相手を見つけることができたでしょう。そうした利益すべてのおかげで、彼らは自分の強いかぎ爪を受け継いだたくさんの子どもを産んだことでしょう。その子どもたちの中には、ほんの少しだけ、さらに強いかぎ爪を持つものもいたことでしょう。

一方、それぞれの世代の中で、弱いかぎ爪を持っていたため、うまく「乗る」ことができなかった個体は、そんないい暮らしをすることができず、それほど多くの子どもを育てることができなかったことでしょう。彼らはもっと少ない子孫しか残さなかったでしょう。こういうことが何世代も何世代もくり返されるうちに、かぎ爪はますます大きくなり、その役割にますます適合するようになっていったのでしょう。このような過程を、自然選択と呼びます。そのようにして、進化は進むのです。

メアリーがこの世界にやってきたときには、それぞれの大人の個体では、

「かぎ爪は、おそろしいほど強い。骨質か角質のとげのようなもので、脚から直角に突き出ている。それはわずかに曲がっていて、さやの穴の内側におさめたときに、真ん中のいちばん高くなった部分で、体の重みを支えるようになっている。」

【『琥珀の望遠鏡』10章「車輪」】

けれども、こういうことすべてが進行し、ミュレファが何百万年もかけて進化している一方で、種のさやもまた、進化しつつありました。当然ながら、ミュレファの祖先たちは、どの世代でも、車輪として最も堅くて最も丸いさや、そしていちばん良質な油分を含むさやを選びました。だから彼らは、こうしたさやから取れた種を植えて、ほかのものは無視しました。

何世代もかけて、種のさやは次第に、いっそう丸く、いっそう堅く、いっそう油分を含むようになります。やがてそれらはあまりにも堅くなり、溶岩のリボンの上を長い距離にわたってさやを車輪として使うしか、種を取り出す方法がないまでになります。その結果が、共生です。ふたつの共生者は、もはやおたがいがいなくては、やっていけません。もしミュレファが死滅すれば、種さやの木も滅びるでしょう。もし木々が死滅すれば、ミュレファもまた滅びるでしょう。

それはこじつけめいて見えるかもしれません。けれども、同じ種類のことは、私たちの世界で何度も何度も起こってきました。ひとつの美しい例は、ハチドリが与えてくれます。

ハチの羽音を立てる鳥

ハチドリは、地上でいちばん小さな鳥です。あるものは本当に小さいです。その大半は、南アメリカに棲《す》んでいますが、北アメリカに生息する種類もあります。いちばん大きなものでさえ、体長二〇センチメートルほどしかなく、マメハチドリと呼ばれる最も小さな種類は、体長五・五センチメートルしかなく、しかもその半分はくちばしと尾に占められています。けれども、このハチドリでさえ、メアリー・マローンがミュレファの世界で出会う、本当にミツバチと同じ大きさをしているハチドリよりは、大きいのです。ハチドリは、本当にとても小さくて軽いので、翼をとてもすばやく羽ばたかせることによって、空中に浮かんで止まることができます。このとき、ハチの羽音のような音を立てるので、ハチドリという名前がつけられているのです。ハチドリは花の前の空中に止まり、くちばしを花の中にうずめて、その蜜《みつ》を吸って食べ物とします。

その体の長さに比べると、ハチドリのくちばしはたいがい、とても長くてほっそりしています。

ヤリハシハチドリでは、約二一センチメートルの体長全体のうち、半分以上をくちばしが占めています。自然選択は、どうしてこんな長いくちばしが進化するようにうながしたりしたのでしょうか？　それは、より長いくちばしを持つ鳥のほうが、花のいっそう奥のほうまで届いて、蜜を得ることができるからです。くちばしの短い鳥は、それほど多くの食べ物を得ることができません。何世代も経る間に、これらの小鳥のくちばしは、彼らの祖先のくちばしよりも、どんどん長くなってきたのです。

鳥と花

では、植物のほうは、こういうことすべてから何を得るのでしょうか？　ちょうどミツバチと同じように、ハチドリは花から花へと花粉を運びます。鳥が花のそばに浮かび、食べ物を得ようと、くちばしと小さな頭を花の中深くまでつっ込んでいるあいだに、鳥には花粉がつきます（たいがいは、くちばしの下側、「あご」にあたる部分に）。続いてこの鳥が別の植物へと飛んで行き、食事をすると、花粉がいくらかこすれて落ち、花は受精します。

もし鳥がたくさんの花粉でおおわれれば、それが植物にとってはいちばんいいわけです。もし植物が、とても長い、トランペットのような形の花を持っていれば、鳥はその頭とくちばしをまるごと花の中に押し込んで、蜜を得なければなりません。そうすれば、鳥はたくさんの花粉におおわれることでしょう。それはつまり、こういう種類の植物は、受精しやすくなるということを意味しています。けれども、食べ物に届くことを簡単にしすぎた植物は、受粉しないでしょう。だから、何世代も経る間に、花はどんどん長く、トランペットのような形になって行き、蜜まで届くのがますます難しくなっていきます。

そのあいだに、平均よりも長いくちばしを持った鳥がいちばんいい暮らしをして、最も多くの子孫を残していき、より長い花を持つ植物がいちばんいい暮らしをして、より多くの子孫を残します。

ある場合には、鳥のくちばしが、あるひとつの種類の花から蜜を得るのに完璧に合った形になり、ほかのどんな花にも合わないところまで、進んでしまいました。そういう種類の花を持つ植物は、その種類の鳥によって受精されなければなりません。ほかのどんな鳥も、その蜜に届くことのできるくちばしを持っていないからです。一方は、もう一方なしには、生きることができません。その花を咲かせる植物と、そのハチドリとは、共生者となったのです。それは私たちの世界で本当に起こったことです。たとえどちらの共生者も、ミュレファのような知性を持たず、進化を促進することはなかったとしても。

命へと続く岩の道

命あるものについては、それでよいでしょう。進化は、それぞれの世代に存在する、個体同士のあいだのささいな相違を利用することができるのですから。けれども、フィリップ・プルマンが、便利な自然の道路が、流れるような溶岩のリボンによって敷かれている世界を想像したのは、たしかにちょっとこじつけが過ぎるのではないでしょうか？　どうして岩が、生き物の進化の中で役割を果たすなどということがありうるのでしょうか？

もし無限に多くの可能な世界が本当に存在するなら、可能なことはどんなことでもどこかで起こっていなければならない、という前にも言った説でも持ち出さないと、言いのがれはできないように思われるかもしれません。でもたぶん、そんな逃げ口上は必要ではないのです。たぶん、その考えは、それほど不自然なこじつけではありません。たぶん、地球そのものが、私たちの惑星上でくり広げられる進化において、果たすべき役割を持っているのです。

生命にとって最も重要な化学物質のひとつが、二酸化炭素です。植物は空気から二酸化炭素を取り出し、太陽の光と水を使ってそれを、葉や種や果実のようなさまざまな組織に変えます。動物は、植物を食べたり、植物を食べる別の動物を食べたりして生きています。もし二酸化炭素がなかったら、私たちはここにはいないでしょう。では、二酸化炭素はどのようにして空気の一部となるのでしょうか？ またなぜ二酸化炭素は、ずっと昔に使いつくされてしまわなかったのでしょうか？

二酸化炭素ポンプ

二酸化炭素は、つねに火山からもれ出ています。もしそれをリサイクルする何らかの方法がなかったら、つねに空中の二酸化炭素はどんどん増えてしまうことでしょう。けれども、二酸化炭素はまた、つねに空気からもれて、なくなってもいます。二酸化炭素は、雨水に溶けると、岩と反応して、炭酸カルシウムをつくるからです。これにともなって、岩は徐々にすり減っていきます。その過程は「岩石の風化」と呼ばれます。炭酸カルシウムは、海へと洗い流されていき、大海原の底の堆積物《たいせきぶつ》の中に埋もれます。

最終的には、これらの堆積物は、あらたな炭素塩岩《たんそえんがん》へと変化します。何百万年も経つと、これらの岩は新しい火山の内部で溶かされ、二酸化炭素がふたたび空中に戻ります。

人々はかつて、これは単なる化学反応であって、生命とは何の関係もないと考えていました。けれども、約三十年前に、イギリスの科学者ジム・ラヴロックが、岩石の風化が植物のすぐ近くではずっと早く起こることを発見しました。その理由は、植物が二酸化炭素を空気から土へとポンプのように送り込むからです。空気中の二酸化炭素の量が、同じままに保たれるのは、ちょうど、水漏れのするバケツを水でいっぱいにしようとするのに似ています。水は蛇口からバケツの中に注ぎ込まれるけれども、穴を通って底から流れ出してしまうので、バケツの中の水の量は同じままに保たれるわけです。

そのように、生命そのものも、二酸化炭素ポンプの一部なのです。もし地球上に生命がなかったら、岩石の風化はずっと遅くなり、したがって、空中の二酸化炭素の量は今よりはるかに大きかったことでしょう。それはバケツに開いた穴をより小さくするようなものです。蛇口から入ってくるよりも、流れ出す水のほうが少なくなるわけです。

余分な二酸化炭素の影響のひとつは、地球の表面近くに熱を閉じ込めてしまうことです。これは温室効果と呼ばれます。岩石の風化をスピードアップしてくれる植物がなかったら、地球は熱い砂漠に変わり果ててしまうことでしょう。

生きている惑星

地球上の生き物が惑星そのものに影響を及ぼしたり、逆に惑星が生き物に影響を及ぼしたりするやり方は、ほかにもたくさんあります。ひとつのものがほかのものに影響を与え、その影響を受けたほうのものが今度は最初のものに影響を及ぼすという過程のことを、フィードバックと言います。私たちは誰でも、ひとつの種類のフィードバックを知っています。それは自動温度調節《サーモスタット》スイッチがセントラル・ヒーティングを操作するときに起こります。部屋が暑くなると、そのスイッチが暖房を切ります。それから、部屋が冷えてくると、そのスイッチは暖房を入れます。そのようにして、部屋の温度はつねにほぼ一定に保たれます。ジム・ラヴロックのような科学者たちは、生き物たちと、地球という惑星をつくっている岩石や気体とのあいだに、じつにさまざまなフィードバックを見つけてきました。

　こうしたフィードバックはひじょうにたくさんあるので、まるで地球上のすべてのものが複雑な網の目となって結びついているかのように見えます。生き物ばかりでなく、岩石や空気や雲なども、結びついているのです。すべてのものが一緒に働いて、この生きている惑星を維持しているのです。

それはちょっと、あなたの体のあらゆる部分が一緒に働いて、その体を維持しているやり方に似ています。心臓、肺、肝臓などが、すべて一緒に働いて、ひとりの生きている人間をつくり上げています。けれども、そのいずれも、それ自体だけでは生きていくことはできません。

たぶんこの惑星も、そのようなものなのでしょう。惑星全体が生きています。けれども、ひとつの命（たとえば一本の木）をひとつだけ取り出して、それを別の惑星に置いたとしたら、それは生きのびることができないでしょう（ちょうど、ウィルがライラの世界では長いあいだ生きのびることができず、ライラはウィルの世界にとどまることができないのと同じように）。ラヴロックは、生きている惑星全体のことを、ガイアと呼びます。ガイアとは、ギリシア神話に出てくる大地の女神だからです。彼の考えでは、一部分だけ生きている惑星を持つことはできません。一部分だけ生きている人間を持つことができないのと、ちょうど同じように。あなたは、死んだ惑星を持つか、あるいは、さまざまなフィードバックを通して周囲の環境と関係している生命体でいっぱいの、地球のような惑星を持つか、ふたつにひとつしかないのです。地球上のあらゆる生き物が何をするかが、全体としての惑星にとって重要なのです——そして、私たちが普通は生きているとは考えないようなたくさんのものもまた、大切なのです。

ガイアの魂

『神の闇黒物質』では、ダストがガイアの魂のようなものです。それはあらゆるところに存在し、生きているものと、私たちが生き物ではないと考えるものとの間の結び目をつくります。ダストは、生き物同士のあいだに結び目やフィードバックが発達することをうながします。ダストはミュレファに、種のさやや巨木との関係を深めることをうながしてきました。ある意味では、それは、ライラとウィルが訪れたすべての世界において、進化をスピードアップさせてきました。

ミュレファは、このことをある程度理解しています。なぜなら、彼らはダストを見ることができるからです。彼らはそれをスラフと呼んでいます。ダストは、あらゆる世界から、もれてなくなりつつあります。それなしでは、世界は死んでしまうでしょう。世界を救う唯一の方法は、ウィルとライラがたがいに対していだく愛によってです。けれども、人々はダストを見ることはできないので、この問題がはじめて明らかになるのは、メアリー・マローンが、ミュレファの助けを借りて、何が起こりつつあるのかを彼女に見せてくれる、ある種の望遠鏡をつくるとき──琥珀の望遠鏡をつくるときです。

第9章 琥珀の望遠鏡▽見えない光を見る方法、そして科学者の働き方

「科学において大切なことは、新しい事実を手に入れることよりむしろ、それらについて考える新しい方法を見つけることだ。」

ローレンス・ブラッグ

【オーストラリア生まれのイギリスの物理学者（一八九〇－一九七一）】

「のぞいてみると、なにもかもが変わっていた。……どこを見ても、金色のものが見えた。アタルが説明していたとおりだ。光のきらめきが、浮かんでただよい、時々、何かはっきりした目的を持つ流れとなって動く。そのあいだには、メアリーが肉眼で見ることのできる世界がある。草、川、木々。けれども、意識を持った生き物、ミュレファのひとりがいるところを見ると、そこでは光はもっと密集していて、動きも激しかった。だからといって、ミュレファの姿がぼやけることはない。むしろはっきり見えた。

「それが美しいなんて知らなかったわ」メアリーはアタルに言った。」

【『琥珀の望遠鏡』17章「油とウルシ」】

メアリー・マローンがダストを見るのに用いる琥珀の望遠鏡は、二枚の透明なうるしの板の表面に、種のさやからとった油を薄く塗り、望遠鏡のように、管の中に少し離して備えつけたものです。それは純然たる魔法のように聞こえます――肉眼では見ることができないものを見られるようにしてくれる望遠鏡などというものは。けれども、この三部作の多くのことと同じように、この考えも私たちの世界の現実の科学から直接由来しています。今回は、暗黒物質みたいな突飛なものですらありません。琥珀の望遠鏡の背後にあるのと同じ科学が、ありきたりのポラロイド・サングラスの働きを説明してくれます。とはいえ、サングラスはありきたりなものかもしれませんが、その背後にある科学は驚くべきものなのです。

二重に見る

ミュレファはこのうるしを、彼らがその目的のために特別に栽培する一種の木の樹液からつくります。彼らはそれをニスとして用います。木片や貝殻にこのうるしを幾層も塗りつけることによって、透明で琥珀色をした素材を、ある程度の厚みにまで積み重ねることができます。この技法をまねして、最後に台として用いた木材を切り離すことによって、メアリーの手元には、琥珀色したガラス板のような、透明なうるしのかけらが残ります。

どうして彼女はわざわざこんなことをするのでしょう? 彼女がこういう手間を取った理由は、この琥珀色のうるしの奇妙な特性に、興味を引かれていたからです。あなたがそれを通して見ると、あなたが見るすべてのものがふたつに分かれ、左側の映像のすぐそば、そこから約一五度上の方に、右側の映像が見える、二重映像《ダブルイメージ》になるのです。物理学者であるメアリーは、私たちの世界にも、ほとんど正確にこれと同じことをするものがあることを、すでに知っていました。すなわち、氷州石《アイスランド・スパー》もしくは方解石として知られる、透明な結晶です。

氷州石は私たちの世界に実際に存在し、何百年も前からそういうものがあることは知られていましたが、一九世紀になるまで、何が起こっているのかを説明できる人は出ませんでした。それ以前は、人の知るかぎり、それは魔法だったのです。

不思議な光のダンス

私たちの目に起こっているように見える現象は、光が氷州石の結晶の表面に届くと、そのうちのいくらかは真っ直ぐに進み、そのうちのいくらかはほんのわずかに脇にずれて曲がるというものです。このように光が曲がることを、屈折と言います。スペクトルの虹色は、光のさまざまな色（さまざまな波長）が、通常のガラスでつくられた三角のプリズムによって、あるいは雨粒によって、少しずつ異なる分だけ曲げられるときに現れます。けれども、氷州石の中で起こる曲がり方は、違います。それは、色や波長とは何の関係もありません。それはただ、光の半分を、その色が何だろうと、取り去り、それをある方向にずらすのです。

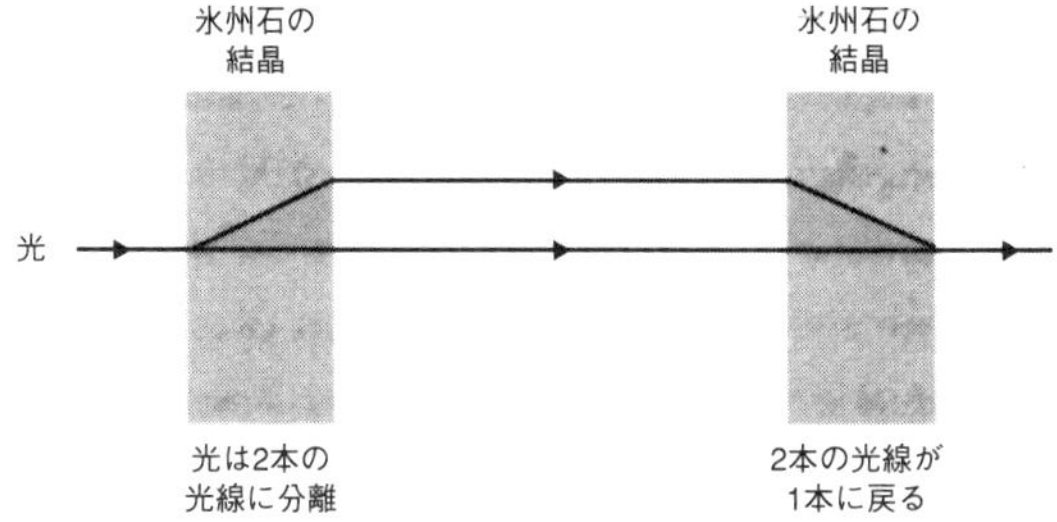

▲氷州石

それだけでも十分に奇妙なことです。けれども、もしあなたがその二重になった光線を、さらにもうひとつの氷州石の結晶に通したら、何が見えると思いますか？　明らかじゃないか、とあなたは考えることでしょう。ふたつの光線のそれぞれが、さらにまたふたつに分かれて、四つの映像が見えるだろう、と。

けれども、そう思ったとしたら、間違いなのです！　光をさらに分ける代わりに、二番目の結晶は、ふたつの光線をふたたび結びつけ、したがってあなたはひとつの映像だけを見るのです。ちょうど、ふつうの平らな窓ガラス一枚（あるいは、二枚でも）を通して見ているかのように。

二重の像は消える

それは、メアリーが二枚の琥珀色のうるしを重ねたときに見つけたのと、まったく同じことです。

「琥珀色が濃《こ》くなり、写真用フィルターを通して見たように、いくつかの色は強くなり、ほかの色は弱くなり、風景が少しだけ違う色合いを帯びて見えた。奇妙なことに、二重の像は消え、すべてがひとつに見えたが、シャドーは見えなかった。」

【『琥珀の望遠鏡』17章「油とウルシ」】

メアリーは氷州石のことを知っているので、二重の像の消え方を見ても、まったく驚かなかったことでしょう。彼女は二重の像が消えることを予想していたはずです。そしてこのことは彼女にとってとても心強かったはずです。なぜなら、私たちの世界では、その二重の像は、極性と呼ばれるものによって引き起こされることを、彼女は知っているからです。彼女は極性が、シャドーを――ミュレファがスラフと呼ぶものを――見る手助けをしてくれるかもしれないと考えます。

極性は、光が波のように移動するやり方と関係があります。光の波は、池の水面で上下運動をくり返すさざなみのようなもの、あるいは海面の波動のようなものです。けれども、光の場合、上下運動をしているのは電磁場です。そのことは何世紀も前に、ウィリアム・ギルバートによって発見されました。

もしあなたがロープを持っていて、その一方の端を木にきつく結《ゆ》わきつけてから、反対側の端を引っ張り、ロープをピンとさせれば、手で持っているほうの端を小刻みに揺らすことによって、ロープづたいに小さな波を送ることができます。光もそれと同じです。それは電磁気のさざなみです。光の波は、じつは、原子の内側で小刻みに揺れまわる電子によってつくられています。それこそが、それぞれの種類の原子が独自の光の色（波長）をつくる理由なのです。ただし、上下に小刻みに揺れるだけではなく、光の波は、横にも、どんな角度でも、揺れることができます。

個性派の光

あなたはロープを、自分が揺り動かしたいどんな方向にも、揺り動かすことができます。上下でも水平方向でも、その間のどんな角度でも。普通の光のすごい点は、それがこうしたさまざまな振動のすべてを同時に行なっているところです。それは、垂直方向にも、水平方向にも、その間のどんな角度でも、同時に振動しています。けれども、氷州石の結晶のところへ来ると、もはやそうはいきません。

あなたとあなたがロープを結んだ木とのあいだに、たくさんの杭《くい》を立ててこしらえた柵があるとします。そのロープは柵にあいたすき間のひとつを通らなければなりません。すると、もはや横方向にはそれを波立たせることはできないでしょう。もし横方向に波打たせようとしても、その波はフェンスのところまでしか行かずに、そこでさえぎられてしまいます。あなたが垂直方向に波を立てて、波がフェンスのすき間を通り抜けられるようにしたときにしか、波を木のところまで届かせることはできません。

結晶の中の原子と分子は、とても規則的なパターンで並んでいます。その正確なパターンは、結晶の種類によって異なります。そして、結晶の原子と分子が、ある方向に振動している光しか通り抜けられないようなやり方で並んでいる場合があります。もし普通の光がそういう結晶を照らせば、反対側から出てくる光は、すべて同じ方向に振動することになります。あるひとつの方向だけに小刻みに揺れている、このような種類の光は、偏光《へんこう》（極性形成された光）と呼ばれます。それはいわば個性派の光で、すべて垂直方向に向いていたり、すべて水平方向に向いていたり、すべてがその間のどこかの同じ角度を向いている光なのです。杭を並べた柵を通り抜けて、ロープ上をうねうねと伝わっていく波は、垂直方向の偏光のようなものです。

今度は、あなたのロープが、城壁にあいたはざま窓を通り抜けて、その反対側できつく結ばれているところを想像してください。はざま窓というのは、上下の方向のすき間と左右の方向のすき間とを組み合わせた十字型の窓で、そこから弓の射手《いて》が矢を射るのです。あなたはロープを上下に波打たせて、その波が垂直方向のすき間を通り抜けるようにすることもできるし、左右に波打たせて、水平方向のすき間を通り抜けるようにすることもできます。これは、二種類の偏光に相当します――つまり、垂直方向と水平方向の極性です。

何かこれと同じようなことが、氷州石の中で起こります。その結晶の中の原子によってつくられたパターンは、光が通り抜けるためのふたつのすき間を残しています。垂直方向の偏光は一方へ進み、水平方向の偏光は別の方向へ進み、それ以外の種類のあらゆる波は、さえぎられてしまいます。二個目の結晶の中では、この二種類の偏光が、ふたたび一緒に結びつけられるのです。

普通のポラロイド（偏光）サングラスは、光を偏光させる素材でつくられます。氷州石ほどわくわくさせてくれるものではありませんが、もっとも、見るものすべてが二重に見えたら、ちょっと

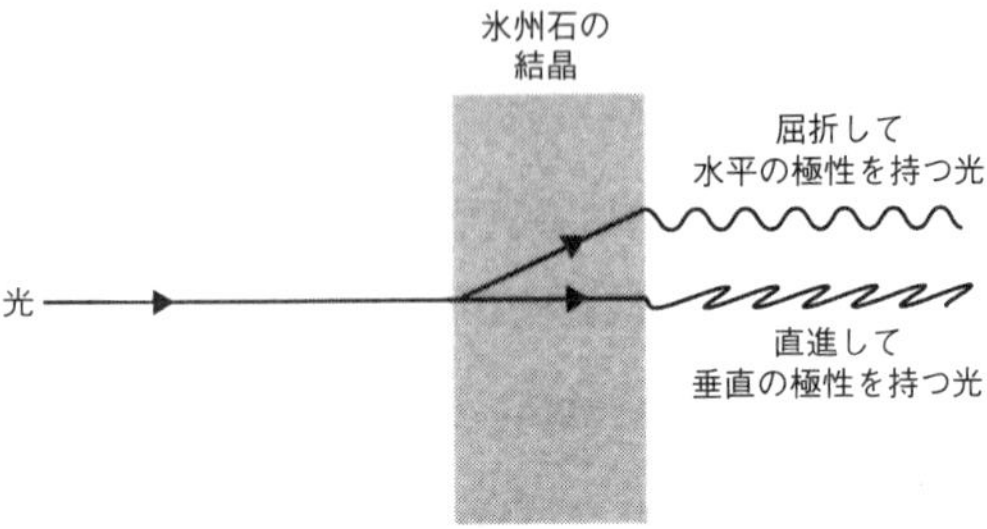

▲ 氷州石における極性

混乱させられることでしょう！　ポラロイド（人造偏光板）そのものは、じつは、硝酸繊維素《ニトロセルロース》の薄いフィルムで、同じ方向に並んだとても小さな結晶が詰め込まれています。したがって、たったひとつの極性の光しか、通り抜けることはできません。知られているように、偏光フィルターをつくる方法はほかにもありますが、細かい違いはここでは大事ではありません。

　太陽の光が、海や同じような光る表面から反射するとき、反射した光は当然ながら、水平方向の極性を帯びています。だから、偏光サングラスは、水平方向の極性を帯びた光が通り抜けられないように、垂直方向の「すき間」があるようにつくられています。偏光サングラスは、反射する光のぎらつきをすべてカットし、普通の光もいくぶんかカットします。

　もし捨てられて、もう誰も必要としなくなったポラロイド・サングラスが手に入ったら、それがどんなふうに働いているかを自分で見ることができます。レンズを取り出して、フレームに入っていた向きを保ちながら、片方をもう片方の前に置くと、このように重ねられた二枚のレンズは、一枚だけのときと比べて、さほど視界が暗くはなりません。垂直方向の極性を持つ光しか最初のレンズを通り抜けられませんが、一枚目のレンズを通り抜けた光は垂直方向の極性を持っているので、すべて二枚目のレンズも通り抜けるのです。同じことは、ポラロイド・サングラス二組をこわさずに使って、一方をもう一方の前に置く形でも、試してみることができます。

けれども、もしあなたがレンズの片方を九〇度回転させると、偏光フィルターは、一方は垂直方向、もう片方は水平方向と、十字に交差することになります。今度は、二枚重ねたレンズを通して見た視界は、完全に真っ暗です。垂直方向の極性を帯びた光だけが最初のフィルターを通り抜けますが、今度は二枚目のフィルターが水平方向の極性を帯びているので、その光はまったく通り抜けることができないのです。

暗闇の中で作業する

メアリーは、ミュレファたちにはスラフが、つまり、彼女が影の粒子と呼ぶものが、空中を踊っているのが見えるということ、しかもそれが彼らの目には、日が沈むときにさざなみの立つ水面が反射するきらめきのように見えるということを知って、驚きます。これを知ったからこそ、彼女は、うるしのレンズを使ってスラフを見てみようと、思いついたのです。水から反射した光が極性を帯びていることを、彼女は知っていました。そしてうるしが、氷州石と同じやり方で、極性を持った光に影響を及ぼしているのではないかと、彼女は推測します。たぶん、と彼女は考えます。スラフがきらめく水面のように見えるのは、そこから反射された光が極性を帯びているからだろう、と。

けれども、彼女は間違っていました。スラフを見るのに琥珀の望遠鏡が使えるようになるには、もっと別の何かが必要なのです。

メアリーは、ミュレファが種のさやを車輪として用いるあいだに、種の木から出る油が、足を通して、ミュレファによっていくらか吸収されるということを知ります。そしてこの油が、彼らがよりはっきりとものを見る手助けになっている、ということも。とりわけ、スラフを見る手助けになっているのです。けれども、どうすればこれが、彼女の手助けとなりうるのかはわかりません。そしてつくったばかりの琥珀色のレンズをいじり続けます。自分が何をしているのか、本当には知らないまま。

「メアリーは、二枚のプレートを離していきながら、ものの見え方がどのように変わるか、じっと目を凝《こ》らしていた。親指と小指をいっぱいに広げたくらいのところで、奇妙なことが起こった。琥珀の色合いが消えて、すべてのものが自然の色になったが、前より明るく生き生きとして見えた。」

【『琥珀の望遠鏡』17章「油とウルシ」】

まさにこんな具合に、何か新しいことを研究しようとして、とりとめもなくいろいろなことを試しているときに、科学者たちは本当に仕事をしているのです。彼らはあれこれ試して、何が起こるか、ただ見ています。彼らはあらゆることに対して、好奇心旺盛で、鋭い観察力を向けるのです。

ミュレファたちは、それほど好奇心旺盛ではありません。メアリーと友達になったアタルは、メアリーがもうスラフを見ることができるのかどうかにしか、興味がありません。メアリーがまだだと答え、でもほかのいろいろなものを見ることができると言い、アタルにそれを見せようとしても、アタルはただ礼儀として好奇心を示すだけで、「メアリーみたいに発見でわくわくした気持ちからではなく」、まもなくあきてしまいます。メアリーのような人々は、あらゆることについて、たとえ暗闇を手探りで進むようなときでも、いったい何がどうなっているのだろうと疑問をいだくものですが、ミュレファはそういう種類の科学的好奇心をただ持ち合わせていないのです。

見えない光を見る

メアリーは最終的には、幸運な偶然を通して、問題を解決します。こういう種類の幸運な偶然には、セレンディピティーという名前がついています。非常にたくさんの重要な科学的発見が、セレンディピティーによって行なわれてきました――たとえば、重要な抗生物質であるペニシリンは、そのようにして発見されました――そしてもう一度、物語は私たちに、科学というものの働き方について本当のことを教えてくれるのです。

この場合、メアリーは、アタルの車輪のひとつから指についた種の油を、偶然うるしにつけてしまいます。彼女がふたつのレンズを親指と小指をいっぱいに広げたくらいの幅に離して、もう一度、それらを通して見ると、

「何かが起こっていた。
レンズを通して見ると、金色のきらめきの渦《うず》が、アタルの姿を取り巻いているのが見えた。ただそれは、うるしの小さな部分を通してしか見えなかった。そのとき、メアリーは理由に気づいた。その部分の表面に、油のついた指で触れたからだと。」

【『琥珀の望遠鏡』17章「油とウルシ」】

いったん彼女がこういう発見をしてしまえば、あとは簡単な仕事です。いつでもスラフを見ることができるように、ミュレファは、短く切った竹の中に、二枚の琥珀色のレンズを、親指と小指をいっぱいに広げたくらいの幅に離して取りつけ、メアリーはレンズ一面に油を塗りました。琥珀の望遠鏡の完成です。その手助けを得て、メアリーはダストの本質について、すべての世界が直面している危機について、そしてどうしてライラとウィルだけがすべての世界を救うことができるのかについて、学びます。
私たちはあなたに、ダストを見せてくれる琥珀の望遠鏡のつくり方を教えることはできません。けれども、ほとんど同じくらいあっと驚くもののつくり方を教えることはできます。それは、目に見えない光を見せてくれる望遠鏡です。もしあなたがポラロイド・サングラスのレンズを二枚取り出して、私たちが今述べたようなやり方で、メアリーの琥珀の望遠鏡のレンズと同じように並べてみると、それらを通してあなたが見るものは、レンズがじゃまをしていない場合よりもちょっと暗いだけの、ただの私たちの日常世界です。けれども、もしあなたがセロファンを一枚（お菓子の透明な包み紙のようなもので大丈夫です）くしゃくしゃにして、その二枚のレンズの間に置くと、あらゆる種類の色彩が、レンズをくるくる回すにつれて変化する模様つきで、見えるのです。

これは純然たる科学の魔法です。偏光に含まれるさまざまな色が、セロファンによってそれぞれ異なる影響を受けるために、こういうことが起きます。これは琥珀の望遠鏡ほど役には立ちません。けれどもそれは、実際に私たちの世界に存在するのです。

いったんメアリーが琥珀の望遠鏡を手に入れると、物語のほとんどすべての部分がそれぞれの位置にぴったり収まり、物語は結末に向けて動きはじめます。けれども、物語の展開の中でカギとなる働きをする科学の魔法の最後のひとかけらが残っています――それは「天然磁石共鳴器」です。トンボにまたがる誇り高き種族ガリヴェスピアンのスパイたちはこれを使って、アスリエル卿のスパイ組織リーダー、ローク卿と、たとえ彼らがローク卿とは別の世界にいるときですら、瞬時に連絡を取り合うことができます。こんなものが本当の科学に基づいているなんて、とてもありえないですって？　いえ、ありうるのです！

第10章 もつれ▽必要なのは愛だけ

「もし私たちが子どもやさらに若い世代の中で生き続けることができるのであれば、私たちの死は終わりではない。なぜなら、彼らは私たちなのだから。私たちの肉体は、生命の木についた、しおれた葉にすぎない。」

アルバート・アインシュタイン

「きみたちの世界の科学者なら――きみたちは実験神学者と呼んでいるが――量子のもつれと呼ばれるもののことを知っているだろう。つまり、ふたつの粒子が共通の特性を持つだけで、そのふたつがどんなに離れていても、片方に何か起こると、同時にもう片方にも同じことが起こる、という意味だ。われわれの世界には、ひとつの共通の磁鉄鉱を使って、そのすべての粒子をからませてからふたつに分けて、両方が共鳴するようにする方法がある。ここにある器械の片割れは、われわれの指揮官、ローク卿とともにある。私が弓でこちらの器械を奏でると、もう片方の器械がまったく同じ音を再生し、そうやってわれわれは通信するのだ。」

【『琥珀の望遠鏡』14章「それがなにかを知れ」】

フィリップ・プルマンが、ガリヴェスピアンたちが使う共鳴器の作業物質として、磁鉄鉱を選んだのは残念です。なぜなら、磁鉄鉱とは天然の磁石であって、私たちの世界で天然磁石共鳴器をつくったとしても、それは電磁波――光のさざなみのような電波を、ただ長くするだけのものになるだろうからです。それは通常の無線送信機と大差ありません。電波でさえ、光の速度で伝わる「だけ」で、しかもひとつの世界から別の世界に行くことはできません。

光の遅さ

あなたが電話で誰かに話しかけたりインターネットを使ったりするとき、あなたは通信が瞬時に起こっていると考えるかもしれません。けれども、それは違います。これらの日常的な通信手段は、どれもけっして、光より速くは伝わりません。ただ、光の速度がとてつもなく速いというだけのことです。ロンドンからニューヨークまでの距離は、約四八〇〇キロメートルです。光の速度は秒速約三〇万キロメートルです。したがって電波のような通常の通信手段が大西洋を横断するのには、〇・〇一六秒しかかかりません。それはただ私たちがその遅れに気づくことができないほどすばやいということなのです。

けれども、もしあなたが月にいたとしたら、あなたはその遅れに気がつくことでしょう。月は地球から四〇万キロメートル離れているので、もしあなたが宇宙船に備え付けられた無線送信機に向かって「ハロー」と言えば、その言葉が地球に届くまでに一・三秒かかります。もし地上の管制室がただちにあなたに「ハロー」と言い返したとして、その言葉があなたのところに届くまで、さらに一・三秒かかります。したがって、あなたがハローと言うのと、彼らがハローと言うのをあなたが聞くのとの間には、二・六秒の時差があるのです。それは会話をかなり難しくすることでしょう。

けれども、物語に登場する天然磁石共鳴器はそうではありません。ガリヴェスピアンのスパイ、ティアリスがライラに説明したとおり、それはもう半分の片割れと、瞬時に、いくつもの世界を超えて、まったく遅れることなく、共鳴器のふたつの片割れがどれほど遠く離れていようとも、通信するのです。これはたしかに魔法のように聞こえます。けれども、量子のもつれは、本物の科学です。それは、カール・グスタフ・ユングを魅了した共時性を説明するかもしれない科学です。

けっして離れることなく

もつれとは、量子の世界では、いったんふたつのものが相互作用してしまうと、それらはつねにおたがいに起こっていることを知るようになる、ということを意味しています。たとえ離ればなれになったとしても、まるで一緒に結びついているかのように、ふるまうのです。まるでそのふたつのものは、けっして離れることがないかのようです。

電子のようなものが、日常的な意味での単なる粒子ではないことを思い出してください。それらは粒子と結びついた波動性も持っています。もつれとは、ふたつの量子物質の波が交じり合うとき――もつれ合うときの状態です。たとえあなたがそれらの「粒子」をたがいに遠ざけたとしても、その波は伸びてとても薄くなるだけで、それらのもつれ合った波はまだふたつの粒子の間でメッセージを送り続けるのです。

本当に驚くべきことは、これらのメッセージが粒子と粒子の間を伝わるのに、まったく時間がかからないということです。もしふたつの電子がもつれ合ったなら、たとえそれらが遠く離れて、銀河の端と反対側の端とにあって、十万光年離れていたとしても、一方の電子を突っつけば、もう一方の電子が飛び上がるのです。けれども、もしあなたがもう一方の電子が飛び上がるところを見たかったとしても、そこから光が銀河を横断してあなたのもとに伝わるまで、十万年待たなければならないことでしょう。

物語にはこれと同じようにふるまう別のものがあります。バルクとバルサモスというふたりの天使です。彼らはおたがいをとても深く愛しているので、遠く離れているときでも、相手が何を感じているかわかります。それで、バルクが死んだときには、

「バルサモスはバルクの死を、それが起こった瞬間に感じた。声をあげて泣きながら、ツンドラの上の夜空に舞いあがり、翼を激しくばたつかせ、雲に向かって苦悩をぶつけるかのように泣きじゃくった。」

【『琥珀の望遠鏡』8章「ウォッカ」】

恋人たちというものは、たとえ遠く離れているときでも、本当にこのように感じるものです。一卵性《いちらんせい》の双子《ふたご》もそうです。それはなるほどと思えます。一卵性の双子は、ひとつの卵細胞として命がはじまり、それがふたつに分かれたのですから。これ以上に、もつれ合うことはできないでしょう！

恋人たちや双子が、パートナーたちが遠く離れているのに、相手についていろいろなことを知るとき、いったい何が起こっているのか、科学はまだ正確に説明することはできません。それは私たちにはまだ魔法のように見えます。ちょうど、惑星が太陽の周りを回っているという話が、数百年前には魔法めいて見えたのとまったく同じように。けれどもそれは、量子のもつれと何か関係があるのかもしれません。

双子や恋人たちがもつれているときに何が起こっているのか、科学者たちが本当には理解していないのは、彼らがこの問題について本物の実験をすることができないからです。ただ双子の片方が気づくかどうかを知るためだけに、誰かを殺すなどということはなかなかできません！　けれども、科学者たちは、量子的物質、たとえば電子のようなものについては実験を行なうことができます。それらの実験は、もつれが実在することを証明しています。

これらの実験の多くは、光子《こうし》と呼ばれる光の粒子について行なわれています。前に私たちは、光が波であることについて話しました。けれども、あらゆる量子の物質は、波と粒子の混合物なのです。電子が粒子であり波でもあるのとまったく同じように、光は波であり粒子でもあります。あらゆる量子の物質はこのような二重の性質を帯びています。

波‐粒子の二重性について考えるひとつのやり方は、波乗りしているサーファーのようなものだと考えることです。サーファーは、乗る波がなければどこにも行くことができません。電子は電波に乗り、光子は光波に乗るのです。そして、波はあらゆるところに届いているので、粒子は宇宙のどこかで、その波に何かが起これば、「わかる」のです。そのように光子はもつれ合うことがありえます。たとえそれらが光でできていても、もつれ合う光子と光子の間のメッセージは、光よりも速く伝わるのです。

論より証拠

もつれがどのように働くかを示す実験は、とても数多く行なわれてきました。その細部は恐ろしく複雑なのですが（それはノーベル賞がもらえるような種類のことなのです）、これらの実験の原理を説明することは簡単です。あなたはひとつの原子から、正反対の方向に、ふたつの粒子を吐き出させなければなりません。量子物理学によれば、それらの粒子は、同じ場所からはじまっているので、もつれているはずです。それらは光子かもしれませんし、電子かもしれませんが、それは問題ではありません。大事なことは、それらの粒子がある特別な種類のふたつの特性を持たなければならない、ということです。それらは、たがいと正確に同じであってはいけませんが、それらの間の違いは、ある意味で、バランスが取れていなければなりません。もし私たちが人間について話しているのだったら、ひとりは左利きで、もうひとりは右利きでなければならないというようなものです。あるいは、ひとりは男の子で、もうひとりは女の子でなければならない、などという具合です。

量子の世界でいうと、その特別な特性は、極性かもしれません。ひとつの光子は水平方向の極性を帯びていて、もう片方の光子は垂直方向の極性を帯びていなければならない、ということかもしれません。どちらがどちらであるかは問題ではないのですが、両方が同じであってはいけません。

何が起こっているのかを理解するために、私たちはこれらの特性を色として考えることができます。私たちの想像上の実験では（本物の実験と意味は同じです）、ひとつの光子は赤、もう片方は青でなければなりません。けれどもまだ――ここがとても重要なポイントなのですが――どちらがどちらであるかは問題ではありません。

この状況では、光子たち自身は、自分が何色なのか、はじめは「知り」ません。それらは、状態の重なり合いと呼ばれるものの中にあります。ちょうど、シュレーディンガーの思考実験に出てきた有名なネコと同じように（第五章）。光子の波動関数は、それが測定されてはじめて、収縮します。ふたつのうちのひとつが測定されるまで、それらはそれぞれ未決定状態にあり、自分が青なのか赤なのか確信を持てません。けれども、ふたつのもつれ合った光子は、別々の色をしていなければなりません。したがって、あなたがそれらの一方を見て、それが青いことに気づいたまさにその瞬間、もう片方の光子の波動関数は収縮して、それは赤に「なる」のです。もう片方の光子を見る人が誰もいなくても、これは起こります。

本物の実験では、これは部屋を横切って行なわれてきました（実際には、色ではなく、極性を用いてですが）。もつれは、量子の法則が告げるのとちょうど同じやり方で働くことが証明されてきました。実験者たちは、電場（ライラならアンバロ磁場と呼ぶでしょう）を用いて、ふたつの光子を別々の方向に吐き出させるような特殊な方法で、ひとつの原子をくすぐります。これらの光子は、異なる極性を持っていなければなりません。ただし、どちらがどちらであるかは、問題ではありません。

光子が飛んでいくところを測定できるほど反応のすばやい人間はいませんが、実験はコンピュータによって自動的に進められます。もしコンピュータがひとつの光子を垂直方向のすき間（私たちが第九章で話した、杭を並べた柵のようなもの）を通り抜けさせれば、それはその光子に垂直方向の極性を与えます。その瞬間、実験の反対側にあるもう片方の光子は、何らかのすき間を通り抜けさせたりしなくても、水平方向の極性を帯びるのです。

もしコンピュータが最初の光子に、水平方向の「はざま窓」を通り抜けさせれば、二番目の光子はその瞬間に、垂直方向の極性を帯びた状態に落ち着きます。自動化された実験はこれを何千回も行ないますが、つねに量子の法則に従った結果が出ます。

もつれを発動させる

これらの実験は、一九七〇年代に実施されました。二一世紀になると、科学者たちはさらに遠くまで進みました。今では彼らはもつれを発動させせつつあります。たぶん遠くない将来、私たちは本当にガリヴェスピアンたちの天然磁石共鳴器のようなものを手に入れることでしょう。

二〇〇二年には、オーストラリアの科学者のチームが、量子もつれを利用して、約一メートルの距離から、レーザー光線全体を横方向に動かすことに成功しました。一方のレーザー光線の中には多数の光子が含まれ、もうひとつのレーザー光線にはもう一組の多数の光子が含まれており、そのすべてがたがいにもつれ合っています。電磁場を使って最初のレーザー光線を右のほうに突っつくことによって、彼らはすべての光子をくいっと引っ張りました。そしてこれが、二番目のレーザー光線に含まれるすべての光子をくいっと動かしたのです。最初の光線の中の何十億という光子に含まれたすべての情報が、瞬時に、もう片方の光線に伝達されたのです。けれどもこのとき、最初の光線は破壊されました。それは最初の光子の光線が、一メートル横方向に念力移動《テレポート》されたのとまったく同じようなものでした。それは、間の空間を横切ることなしに、そうしたのです。そのジャンプが起こるのに、まったく時間はかかりませんでした。

この新しい技術の将来の使われ方のひとつの方法は、超高速のコンピュータをつくることです。それはまったく時間をかけずに内部で情報を移動させることができます。それなら、一メートルかそのくらいの範囲で十分でしょう。けれども、それは騎士《シュヴァリエ》ティアリスの共鳴器が有効な範囲と比べると、あまり印象的には見えません。

「その器械は、光沢《こうたく》のない灰色がかった黒い石でできた、短い鉛筆《えんぴつ》のように見えた。それは木製の台の上にのっていた。ティアリスは、バイオリンの弓に似たとても小さな弓を、器械の端のところでしきりに横方向に動かしながら、その表面のいろいろな場所を指で押していた。それらの場所にはしるしがなかったので、でたらめに触れているようにも見えたが、集中した表情と、流れるような確実な動きから、真理計《アレシオメーター》を読むのと同じくらい、熟練が要るたいへんな作業をしているのだと、ライラにはわかった。」

ティアリスが奏でるメッセージは、瞬時に、もつれ合った共鳴器、彼の磁鉄鉱の片割れへと、たとえそれが同じ世界になくても、伝えられるのです。けれども、二一世紀を迎えた今、これはフィリップ・プルマンがこれらの言葉を書いた一九九〇年代ほど、むりな思いつきとは見えないのです。

ヴードゥー爆弾

これはまるでヴードゥーみたいです。ヴードゥーでは、本物の人間を表わす人形がつくられることがあります。その人の髪の毛や切った爪がその人形に取りつけられて、これはそのヴードゥー人形に、それが表わしている人間を支配する力を与えるものと見なされます。ヴードゥー信者たちは、この人形に針を刺せば、その人自身が傷つくだろうと考えます。

これは規律監督法院《コンシストリアル・コート》が、はるか遠く死者の国にいるライラを殺そうと、サンジャンレゾーで爆発させた爆弾によく似ています。爆弾には、コールター夫人のロケットから盗まれた、ライラの髪の毛が仕組まれています。爆弾に仕組まれた切り取られた髪の毛は、その根がライラの頭部ともつれているので、爆弾の力はライラがどこにいようと彼女に及びます。ウィルが警告を受けるのが間に合い、その髪のふさの根のところを切り離して、爆弾が破裂する前に、それをさらに別の世界へと封印したからでした。

『私たちはその髪を共鳴室に入れます。ご承知のとおり、人間はひとりひとり固有の性質を持っており、あの子の遺伝粒子の構成はまことにきわだっていて……とにかく、分析がすみしだい、その情報は、アンバリックパルスに信号化されて照準装置に転送されます。照準装置はこの、この物質、つまり髪の毛の出所の位置を特定します。少女がどこにいようとも……』

『爆弾の力は、髪の毛によって、向きが決められるのか？』

『ええ。これらの一本一本が切られた、もとの髪の毛へと向かいます。そのとおりです』

『なら、爆発が起これば、その子は、どこにいようと、死ぬわけだな？』

科学者は、深く息を吸い込む音を立てた。それから、ためらいがちに『ええ』と答えた。

【『琥珀の望遠鏡』24章「ジュネーヴのコールター夫人」】

あなたを表わす人形の首を私が針でつついたら、あなたの首が痛くなるような、ヴードゥー効果というものは、実在しません。もしくは、ヴードゥー爆弾は。けれども、現実の量子もつれ効果は実在します。それはまだ世界を超えることはできないとはいえ、数キロメートルの距離を越えて影響力を送ることなら、今でも可能なのです。

未来とは今

未来――量子もつれを使って長距離間の通信が可能となる時代――は、もうすでに私たちとともにあるのかもしれません。一九九〇年代にはすでに、ジュネーヴの実験者たちが一〇キロメートル離れた光子を使って、もつれを実証することができました。彼らは、多かれ少なかれ私たちがすでに述べたやり方で、もつれ合った光子をつくり、それからそのひとつを、スイスの電話網の通常の光ファイバーケーブルを使って、一〇キロメートル離れた実験室への旅に送り出して、それから最初の光子をくいっと動かしました。二番目の光子は、まさに量子物理学が予言していたとおりのやり方で、くいっと動きました。オーストラリアの実験のレーザー光線のように、最初の光子が一〇キロメートルという距離を越えて念力移動《テレポート》したのだ、と言ってもいいかもしれません。ただし、たったひとつの光子にはたいした量の情報は含まれません。

オーストラリアの実験は、たくさんの情報を短い距離、テレポートさせました。スイスの実験は、わずかな情報を長距離、テレポートさせました。最近の実験は、それなりの量の情報をそれなりの距離――二キロメートル、テレポートさせます。

情報をちょビット

コンピュータの情報は、ビットで測られます。1「ビット」の情報は、上げたり下げたり、つけたり消したりすることのできるひとつのスイッチのようなものです。それぞれのスイッチは、0（オフ）か1（オン）のどちらかを表わすことができます。これらは、コンピュータによって用いられる二進符号のただふたつだけの記号です。けれども、0と1のさまざまな列は、どんな数字も、アルファベットのどんな文字も、二進符号で表わすことができます。

八ビットの情報は1バイトとなります。コンピュータはオンかオフかという二進符号を用いるので、私たちは実際には、一〇〇〇とか一〇〇〇〇とかいう単位でバイトを数えることはしません。

一〇、一〇〇、一〇〇〇などという単位の代わりに、二進法では二、四、八などが単位となります。一〇を基数とする場合（私たちが普通に数を数えるやり方です）、桁をのぼる段階は、一〇をくり返し掛け算することで数えられます。つまり、10, 100, 1000などです。じつは、二進法では、数をどんどん二倍していくことで、桁をのぼる段階が数えられます。つまり、2, 4, 8, 16, 32, 64, 128, 256, 512, 1024などです。したがって、一〇を基数とする計算法では一〇〇〇（一〇に二回一〇をかけた数）が自然な単位であるのとちょうど同じように、二進法の計算法では一〇二四（二に九回二をかけた数）が自然な単位なのです。この一〇二四バイトという数は、一キロバイトと呼ばれます。ほぼ一〇〇〇バイトに近く、私たちは十進法に慣れてしまっているからです。同じ言い回しはもっと大きな数字にも使われます。私たちがこの本を書くのに使っているコンピュータのメモリーは、一ギガバイトの容量がありますが、これは一〇二四メガバイトにあたり、一メガバイトは一〇二四キロバイトにあたります。もしあなたが一ギガバイトの情報を運ぶレーザー光線を含むもつれ合った光子のシステムをつくることができれば、あなたは私たちのコンピュータに入っているすべての情報を、ある場所から別の場所へ、瞬時に、移動させることができるでしょう。

　光子をテレポートする人々は、量子の世界で作業しているので、自分たちが扱う情報の量のことをqubitと呼びます。これは量子ビット（quantum bit）の省略形で、「キューービット」と発音します。ひとつの光子が垂直方向の極性を帯びるか、水平方向の極性を帯びるかすれば、二進法の0か1を表わすことになります。それは一キューービットの情報を運ぶことができるわけです。一キューービットは、ひとつの光子、ひとつの原子、あるいはほかの量子体に蓄えることができる情報の量です。これまでのところ、実験者たちは、量子もつれを使って一度に数キューービットをテレポートしただけです。けれども、少なくともそれは出発点なのです。

これらの実験は二〇〇二年の末にスイスでも行なわれました。ある実験室にある光子に蓄えられたキューービットが、量子もつれによって、五五メートル離れた別の実験室にある光子へとテレポートされました。このふたつの実験室はかなり近接していますが、両者の間の接続は、じつは、解《ほど》けば二キロメートルにわたって伸びていたはずの、ひと巻きの光ファイバーを通していました。したがって、私たちはすでに、数キューービットの情報を、あたかもケーブルの両端の間の空間など存在しないかのように、瞬時に、二キロメートルの距離を越えて送ることが可能なのです。もし科学者たちがケーブルを使わずにこれを行なうことができるようになれば、彼らはガリヴェスピアンたちの天然磁石共鳴器のような通信機械の糸口をつかんだことになるでしょう。そしてすべては、もつれのおかげなのです。

ライラ＆ウィル

考えてみれば、『神の闇黒物質』という物語全体が、もつれについての物語です。物語には、こわれてばらばらになっているもの、なくなりかけているものがたくさん出てきます。ウィルとライラはそれらをもう一度もとに戻すのです。死者たちの幽霊のようなものは、生きている世界から切り離されていました。しかし、ふたりの力で、解放されます。そのおかげで、死者たちの構成要素はもう一度、生きている物質と混じりあい、生きているすべてのものの一部となることができるのです。また、神秘の短剣で切り開いた窓によってできた空間の穴をもう一度閉ざすよう、ウィルは天使たちに教えます。まるで傷を癒すかのように。

そしてたくさんの登場人物たちが、たがいにもつれ合っています。バルサモスとバルクだけではありません。セラフィナ・ペカーラとリー・スコーズビー、ウィルの父親と魔女ユタ・カマイネン、あるいはアスリエル卿とコールター夫人さえも。ライラの世界では、人々は自分のディーモンともつれています。けれども、何よりも、ライラはウィルともつれ、ウィルはライラともつれています。

物語の最後で、ライラとウィルがそれぞれ自分自身の世界にとどまり、永遠に別れなければならないその前に、ライラはウィルに彼のオックスフォードにある植物園の中のベンチを示します。そのベンチは彼女の世界でも、正確に同じ位置に置かれています。ふたりは、それぞれ自分自身の世界で、毎年、夏至祭の日【六月二四日】の正午に、まさにこの場所に戻ってこようと、そして一時間そこにすわり、相手が自分の世界の同じ場所にすわっていることを思い出そうと、誓います。ライラが永遠に彼女自身の世界へと戻っていき、ウィルが彼の世界と彼女の世界のあいだの最後の窓を閉ざして、神秘の短剣をこわした後で、ライラは自分の世界のベンチに腰かけて、考えます。こう考えます。

「ウィルのことを考えなくなる時が、生涯に来るのだろうか。頭の中でウィルに話しかけなくなるとき、ふたりで一緒に過ごしたすべての瞬間を思い起こさなくなるとき、ウィルの声や手や愛に思いこがれなくなるときが。人を深く愛するとはどんな感じがするものかなど、夢にも考えたことがなかった。冒険の途中で出会った、あらゆる驚くような経験の中でも、いちばん驚いたのはそのことだ。ライラは思った。それが胸に残した優しい気持ちは、けっして消えない打ち傷のようだけれど、永遠にそれを大切にしていこう、と。」

【『琥珀の望遠鏡』38章「植物園」】

もつれ。

ふたたび物語のほうへ――とても短いあとがき

本書は、イギリスの著名なサイエンスライターが、フィリップ・プルマンの『ライラの冒険』シリーズの世界の背後にある、現代科学の考え方を、この上なくわかりやすく解説した本です。ただし、専門家が科学理論を解説するために、イギリス本国でも評価の高いこの三部作を、都合の良い手がかりとして利用したというのとは、だいぶ事情が違うように思います（でなければ、なぜ『易経』やユング心理学の説明が、含まれているのでしょう?:)。グリビン夫妻がこの本を書こうと思った出発点はむしろ、プルマンの原作への尊敬と愛着だったのでしょう。そして、原作者がどれだけ正確に科学的知識を踏まえているかを、ほかの読者たちも理解すれば、もっともっと原作を楽しめるはずだと考えたのでしょう。とりわけ、若い読者たちと原作の面白さ、そして科学の面白さをわかち合いたい、と考えたのでしょう。

本書には原作からの引用が多数盛り込まれているので、すでに原作を読み通した読者は、まるでもう一度ライラとウィルの冒険に同行するような思いがするはずです（ただし今度は、科学という新しい小型望遠鏡《スパイグラス》を手にして）。一方、原作を読んでいなくても、本書自体を面白い科学読み物として楽しむこともできるでしょう。それに、グリビン夫妻は、まだ原作を読んでいない読者の楽しみを損なうことがないように、十分に配慮しています。本書で科学の知識を充電した後、原作の世界に出かけてみるのも、ひとつのやり方かもしれません。

さて、すでに原作に親しんだ方々はご承知の通り、プルマンの三部作は、先へ進むにつれて、作品世界がとほうもない広がりを見せていきます。第一作『黄金の羅針盤』からすでに、眼の眩《くら》むような着想が次々とくり出されますが、それはまだ「ライラの世界」だけの物語に過ぎません。第二作『神秘の短剣』では、現実の（私たちの）世界にある、イギリスの大学都市オックスフォードの片隅に暮らす、ひとりの少年ウィルが登場します。ウィルが、ふとしたことから異世界（それは、ライラの世界とも異なる、チッタガーゼという街の世界なのですが）へと通じる「窓」を見つけ、その異世界でライラと出会います。ここで彼が手に入れる「神秘の短剣」こそ、空中に異世界への窓を切り開く道具なのです。第三作『琥珀の望遠鏡』では、さらに多くの世界が舞台となります。特に印象的なのが、本書でもくわしく扱われるミュレファの世界です。ミュレファとは、私たちと同じく知性を備えた生物です（これは総称で、ひとりを指すときはザリフと呼びます）。象のような鼻と不思議な骨格以外は、私たちの世界のシカに似ているのですが、実際にミュレファと出会った登場人物たちは彼らを、動物とは明らかに異なる「人間」として認識します。物理学者マローン博士は、そのミュレファの世界で手に入る材料を用いて、手仕事で「琥珀の望遠鏡」を作り、この素朴な道具の力を借りて、作中の最も深い謎を解き明かすことになります。

本書のテーマも、その原作の最も深い謎と、どこかでつながっています。それは、本書第七章『もし』の世界」の後半部に、特に明確に書かれています。ニュートンの近代物理学では、宇宙のすべての現象が科学法則に支配されていると考えられていました。アインシュタイン以降、もしくは量子論以降の現代物理学は、そうした決定論的な立場をとりません。比喩的な言い方をすれば、ニュートンにとって、世界は時計仕掛け、創造主とはそれをつくった職人のようなものでしたが、アインシュタインにとっての神は、世界や人間を規則でがんじがらめにしたりしません。彼の有名な言葉を借りれば、神は「測りがたいが、意地悪ではない」存在なのです（ちなみに「測りがたい」

と訳したのは、第二作の原題に使われたのと同じ subtle という語で、そちらでは短剣の刃が肉眼では見えないほど薄いことを意味していました）。プルマン作品の読者なら、このふたつの世界観の相違が、三部作全体のテーマと深く関わっていることを、納得してくださるでしょう。

そういえば、プルマンは三部作のあとがきで、自分の発想源のひとつとして、一七世紀の詩人ジョン・ミルトンが書いた『失楽園』を挙げていました。イギリスでは一七世紀は、清教徒革命に象徴される、宗教対立による内乱の世紀でした。その反省から、一八世紀には啓蒙思想の時代を迎えます。啓蒙思想の中心的な原理は、寛容、理性、人間性の三つでした（同じ頃、宗教の面では「理神論」という考え方が生まれます。プルマンの立場も、これに近いかもしれません）。たとえば、ミルトンより少し後の時代に活躍したイギリスの思想家ジョン・ロックも、寛容の精神を説いています。三〇〇年以上前のその主張は、皆さんの周囲で実現されているでしょうか？　二一世紀を迎えてなお私たちは、宗教や民族に基く対立の論理から、なかなか抜け出せないようです。

ところで、本書は科学という万国共通の話題を扱っているとはいえ、もともと想定された読者層を反映して、ところどころにイギリスの香りが残っています。たとえば、歴史の重要な転換点として、一〇六六年のいわゆる「ノルマン征服」が何度か出てきます。この出来事と年号は、イギリス人なら誰でも知っているはずです（日本なら、関ヶ原の戦いや明治維新のようなものでしょう）。また、皆さんの家には、ポラロイド・サングラスはないかもしれません（少なくとも、私の家にはありません）。瞳の色や空気中の湿度が関係しているのでしょうか、ヨーロッパ人は私たち東アジア人より、強い光を苦手とする人が多いようです。読書の途中、ひと休みしてビスケットをつまむのも……いや、これはイギリス人に限りませんでした。ともあれ、どうぞそういう箇所は、異文化に属する読者ならではの楽しみなのだと、受けとめてください。

最後にもう一度お断りしておくと、巻頭の「凡例」でも述べたとおり、本書ではプルマンの三部作のタイトルを『神の闇黒物質』とし、第一作を『北極光』としました。原作愛読者の皆さんを混乱させるかもしれませんが、文脈上どうしてもそう訳さざるを得なかったことをご了承ください。ただし本書のタイトルだけには『ライラの冒険』という既訳をそのまま使いました。広い読者に本書を手に取ってもらうためにあけた「窓」のようなもので、「閉じる」必要はないと判断したからです（ウィルもそう言ってくれるでしょう）。

なお、原著には明らかな印刷ミスがあり、そのほとんどは訳者の独断で訂正しましたが、一部原著者に確認の上、訂正した箇所もあります。すばやく回答してくださったジョン・グリビン氏に感謝いたします。また門外漢の悲しさで、専門用語の訳し方に迷ったり、細部の理解が行き届かなかったりした箇所も、少なからずありました。永山幸男氏と永山淳子氏には、専門家の目で訳文をご覧いただき、貴重なアドバイスを多数いただきました。記して感謝いたします。しかし、そうしたお力添えにもかかわらず、訳者の無知ゆえの誤りも残っているやもしれません。当然ながら、訳文の最終的な責任は訳者が負います。読者の皆さんからのご叱正を謹んでお待ちする次第です。最後に、どこかで私がプルマンの名を口にしたことを覚えておられ、この愉しい仕事をお任せくださった松柏社の森有紀子氏に、心より感謝いたします。

二〇〇八年二月

訳者

ん出版、1996年］

▼もしあなたが量子物理学についてもう少し進んだものを試しに読んでみたいと思われるなら、ジョン・グリビンが書いたほかの2冊の本をご覧ください。

In Search of Schrödinger's Cat, Black Swan, London, 1984.［ジョン・グリビン『シュレーディンガーの猫』上下、坂本憲一・山崎和夫訳、地人書館、1989年］

Schrödinger's Kittens, Phoenix, London, 1995.［ジョン・グリビン『シュレーディンガーの子猫たち――実在の探究』櫻山義夫訳、シュプリンガー・フェアラーク東京、1998年］

ほかに読むべき本

【邦訳書がある場合は原書名の後に示しています】

David Burnie, *Evolution*, Dorling Kindersley, London, 2002.

Da Liu, *I Ching Coin Prediction*, Routledge & Kegan Paul, London, 1975.

John Gribbin, *Stardust*, Penguin, London, 2001.

John Gribbin, *Quantum Physics*, Dorling Kindersley, London, 2002.

Mary and John Gribbin, *Time and Universe*, Hodder, London, 1998.

Mary and John Gribbin, *Chaos and Uncertainty*, Hodder, London, 1999.

Maggie Hyde and Michael McGuiness, *Introducing Jung*, Icon, Duxford, 1992. ［マギー・ハイド『超図説目からウロコのユング心理学入門――心のタイプ論、夢分析から宗教、錬金術まで』小林司訳、マイケル・マクギネス画、講談社、2003年］

Keith Roberts, *Pavane*, Hart-Davies, London, 1968. ［キース・ロバーツ『パヴァーヌ』越智道雄訳、扶桑社、2000年（1987年刊サンリオ文庫版の改訂）］

Russell Stannard, *The Time and Space of Uncle Albert*, Faber & Faber, London, 1990. ［ラッセル・スタナード『アルバートおじさんの時間と空間の旅』岡田好恵訳、平野恵理子絵、くもん出版、1996年］

Russell Stannard, *Uncle Albert and the Quantum Quest*, Faber & Faber, London, 1995. ［ラッセル・スタナード『アルバートおじさんのミクロの国の冒険』岡田好恵訳、平野恵理子絵、くも

- **フィードバック（Feedback）**　起こったことがそれ自体に影響を与えている状況。
- **プリズム（Prism）**　スペクトルをつくるのに用いられる三角形のガラス。
- **フロイト的失言（Freudian Slip）**　つい間違えて言ってしまったことが、自分が本当に考えていることを表わしてしまっているような種類の言い間違い。
- **分子（Molecules）**　原子よりも複雑な基礎単位。何らかの結びつき方で結合した、複数の原子でできている。
- **並行宇宙（Parallel Universe）**　私たちの大宇宙と並んで存在し、それ自体の空間と時間の次元を持っている、さまざまな世界。
- **崩壊（Decay）**　放射能（radioactivity）の別名。
- **方解石（Calcite）**　氷州石（Iceland Spar）の別名。
- **放射能（Radioactivity）**　ある原子が粒子を吐き出して、別の元素の原子に変わること。これはまた放射性崩壊（radioactive decay）とも呼ばれる。
- **膨張宇宙（Expanding Universe）**　コスモスの別名。私たちの大宇宙は、時間が経過するにつれて、大きくなりつつある。
- **無理数（Irrational Numbers）**　ふたつの整数の比（分数）として書くことができない数。
- **もつれ（Entanglement）**　量子力学において、ふたつのものが、遠く離れていても、たがいの存在に気づいている状態のこと。もつれは、共時性の説明になるかもしれない。
- **陽子（Proton）**　原子の構成要素である、正の電荷を帯びた根本的な粒子。
- **量子力学（Quantum Physics）**　原子と原子より小さい粒子のふるまいを記述する、一連の法則のこと。

- **冷たい暗黒物質（Cold Dark Matter）** いまだかつて人の目に触れたことはないけれども、天文学者らはその存在を知っている物質。その重力が恒星や銀河に影響を与えるやり方から、その存在は知られている。
- **電気（Electricity）** 電子のような粒子を帯電させる、磁気に似た特性。帯電された粒子は、磁場の影響力を受ける。
- **電子（Electron）** 原子の構成要素である、負の電荷を帯びた根本的な粒子。
- **電磁気（Electromagnetism）** 磁気と電気が結びついたもの。
- **二進符号（Binary Code）** たったふたつの記号だけを用いて表わす信号《コード》。モールス信号は二進符号であり、コンピュータで用いられている信号も同様である。
- **バイト（Byte）** 8ビット。二進法の2文字のアルファベットで書かれた、ひとつの単語のようなものである。
- **バタフライ効果（Butterfly Effect）** 初期条件における小さな変化が、最後には大きな違いをもたらすこと。
- **波動（Wave）** 池の水面に立つさざなみに似た、波。光と電波は、電磁気のさざなみである。
- **波動-粒子の二重性（Wave-particle Duality）** 量子力学において、光子や電子などは、あるときは波動のように、あるときは粒子のようにふるまう。
- **バリオン物質（Baryonic Matter）** 原子と分子で構成されている物質。
- **半減期（Half-life）** ひとつの放射性物質に含まれる原子の半数が崩壊するのにかかる時間の長さ。
- **ビッグバン（Big Bang）** 私たちの大宇宙が生まれた出来事。約140億年前の出来事である。
- **ビット（Bit）** 最小限の量の情報。オン／オフもしくはイエス／ノーに相当する。
- **ひも（String）** 量子力学におけるひも（弦、ストリング）とは、粒子の内側で振動している、小さな輪っか状のものに与えられている名称。
- **氷州石（Iceland Spar）** プリズムのようにふるまうけれども、光を奇妙なやり方で分離させる、天然の水晶。

▸**元素（Elements）**　最も単純な物質。それぞれの元素は、ひとつの種類の原子でできている。

▸**光子（Photon）**　電磁波のひとつの小さな破裂のような、光の粒子。

▸**コスモス（Cosmos）**　大宇宙の別名。

▸**磁気（Magnetism）**　羅針盤の針を一定の方向に向かせる力。

▸**磁気圏（Magnetosphere）**　地球を取り巻く、磁場が強い領域を表わす、もうひとつの名称。

▸**時空（Spacetime）**　私たちの大宇宙を構成している次元——すなわち、空間の三次元と時間の一次元のこと。

▸**自然選択（Natural Selection）**　進化の進み方。生き残るのが上手ではない個体を取り除いていく。

▸**磁鉄鉱（Lodestone）**　磁気を帯びた岩を表わす、古い名称。

▸**磁場（Magnetic Field）**　磁気を帯びた物体（天然磁石のような）の周りの領域のこと。そこでは、羅針盤の針は、磁気の影響力を感じる。

▸**重力（Gravity）**　大宇宙に存在するすべてのものを、一緒にまとめている力。それはまた私たちを地球の表面にとどめてもいる。

▸**初期条件（Initial Conditions）**　何かがそこから始まる状態。

▸**神託（Oracle）**　古代の人々が知恵をさずけてもらいに出かけた、神聖な人や場所。

▸**スペクトル（Spectrum）**　太陽や星の光が三角形のガラスを通り抜けるとき、もしくは、太陽の光が雨粒を通して反射されるときにできる、色のついた光の模様。

▸**セレンディピティー（Serendipity）**　偶然何かすてきなことが起こること。

▸**大宇宙（Universe）**　存在するあらゆるもの。すべての恒星、銀河、暗黒物質を含む。

▸**帯電（Charge）**　⇒電気（electricity）を見よ。

▸**太陽系（Solar System）**　私たちの太陽と、地球やその他のもっと小さな物体を含めた、その仲間の惑星群。

▸**太陽風（Solar Wind）**　太陽から吹きつけて地球を通り抜ける粒子（イオンや電子）の流れ。

▸**中性子（Neutron）**　原子の構成要素である、電気的には中性の根本的な粒子。

用 語 解 説

▸ **イオン（Ion）**　電子をいくつか失った原子。

▸ **『易経』『変化の書』（I Ching）**　もともと中国で用いられていた、一種の神託。

▸ **オーロラ（Aurora）**　北極光もしくは南極光の別名。

▸ **ガイア（Gaia）**　生きている、われらが惑星全体を表わす名称。ギリシア神話の大地の女神の名前に由来する。

▸ **カオス（Chaos）**　科学では、バタフライ効果が重要になるときに発生する状況のこと。

▸ **核（Nucleus）**　原子の中心部分。

▸ **キュービット（Qubit）**　量子ビット。量子物理学の法則があてはまる形式に蓄えられた情報ひとつ分のこと。

▸ **共時性（Synchronicity）**　偶然起こったように見えるふたつの出来事が、実はたがいに関係し合っていることがわかること。

▸ **共生（Symbiosis）**　ふたつかそれ以上の生き物が、生存のために、たがいに依存し合っていること。

▸ **共生者（Symbionts）**　共生に関わる生き物たち。

▸ **極性（Polarization）**　光が波動としての性質を持つ結果生じる、ある光の特性。

▸ **銀河（Galaxy）**　たくさんの恒星でできた宇宙空間の中の島。ひとつの銀河で、1000億の恒星を含むかもしれない。

▸ **原子（Atoms）**　私たちの世界のあらゆる物質的物体をつくり上げている基礎単位。

▸ **原子未満の粒子（Subatomic Particles）**　原子を構成している粒子のこと。陽子、中性子、電子を含む。

166, 193

ま行

無意識の精神　unconscious mind　63, 76, 78
無限の可能性　infinite possibilities　132-34
無理数　irrational numbers　126-28
目に見えない光　invisible light　165-66
もつれ　entanglement　⇒量子もつれ（quantum entanglement）を見よ

や行

ユング、カール・グスタフ　Jung, Carl Gustav　77-84, 89, 171, 189
陽子　protons　51-2, 107, 109

ら行

ラヴロック、ジム　Lovelock, Jim　146-48
粒子　particle
　加速器　accelerators　35-6
　原子未満の　subatomic　51
　波動-粒子の二重性　wave-particle duality　174
量子ネコ　quantum cat　85-9, 96-9, 120, 136, 176
量子もつれ　quantum entanglement　178, 182, 185
量子力学　quantum physics　83-5, 87-9, 94, 102, 121, 127
量子確率論　quantum probability　89-91
励起された原子　excited atoms　56

伸びること　stretching　32-3, 114, 116

は行

バイト　bytes　184
パウリ、ヴォルフガング　Pauli, Wolfgang　84
バタフライ効果　Butterfly Effect　126
バランス　balance　53, 89, 118, 121, 123-25, 127, 129, 139, 175
バリオン物質　baryonic matter　22, 24, 27, 36, 40, 51, 106-07
ハチドリ　hummingbirds　141-43
波長　wavelength　154, 157
波動関数の収縮　wave function collapse　94-5
波動関数の崩壊　collapse of wave function　93-6
波動-粒子の二重性　wave-particle duality　174
ハレー、エドモンド　Halley, Edmond　57
光　light
　電磁気　electromagnetism　127, 157
　氷州石　Iceland Spar　154-60, 162
　目に見えない　invisible　165-66
　極性　polarized / polarization　156-62, 176-78, 185
　遅さ　slowness　170-71
　伸びる　stretching　32-3
ビッグバン　Big Bang　34-7, 40
ひも　strings　67-8, 107-14, 117
氷州石　Iceland Spar　154-60, 162
ビルケラン、クリスチャン　Birkeland, Kristian　58
ファインマン、リチャード　Feynman, Richard　85, 94-5
フィードバック　feedback　147-49
フロイト、ジークムント　Freud, Sigmund　77-9, 89
分子　molecules　19-21, 23, 36, 83, 158
並行宇宙　parallel worlds　102, 114, 121⇒多世界解釈（Many Worlds Interpretation）を見よ
放射性崩壊　radioactive decay　91
膨張宇宙　Expanding Universe　34, 115
ホームズ、シャーロック　Holmes, Sherlock　66-8, 70, 103
ポラロイド・サングラスのレンズ　Polaroid lenses　153, 159-61,

集合的無意識　collective unconscious　79-81
重力　gravity　30, 33, 37-9, 41-2
シュレーディンガー、エルヴィン　Schröinger, Erwin　87-9, 95-8, 176
状態の重なり合い（入り混じった状態）　superposition of states 96-8, 100, 176
情報ビット　information bits　183-84
初期条件への敏感さ　sensitivity to initial condition　130-31
スペクトル　spectrum　22-4, 32, 154
精神　minds　69-70, 76-83
精神分析　psychoanalysis　77-8, 81-2
セレンディピティー（思いがけない発見）　serendipity　164

た行

大宇宙　Universe　26, 33-5, 38-9, 115, 130
太陽　Sun　17, 22-7, 36-8, 48, 54, 58, 60-1, 79, 145, 160, 173
太陽嵐　Solar Storms　60
太陽風　Solar Wind　54-6, 60-2
多世界解釈　Many Worlds Interpretation　98-9, 102-03, 121-22, 133-34
地球という惑星　Planet Earth　38, 147-49
中性子　neutrons　51-2, 107
冷たい暗黒物質　Cold Dark Matter (CDM)　40-1
天気　weather　48, 124-28
電気　electricity　23, 52-5, 59-60
電子　electrons　17, 20, 52-4, 58-62, 87, 93-5, 100, 157, 172, 174-75
電磁場　electromagnetic field　156, 178
電波　radio waves　60, 169-70, 174-75

な行

ナトリウム原子　sodium atoms　23, 56
二酸化炭素　carbon dioxide　145-46
虹　rainbows　18, 22-3, 154
二進符号　binary code　183-84
ニュートン、アイザック　Newton, Isaac　130, 191

共時性　synchronicity　⇒ユング(Jung)を見よ
共生　symbiosis　134, 138, 140, 143-44
極性　polarization　156-62, 176-78, 185
ギルバート、ウィリアム　Gilbert, William　48-50, 88, 156-57
銀河　galaxies　19-20, 27, 30-41, 172
空間の諸次元　dimensions of space　103, 109-12
屈折　refraction　154
原子　atoms　51-6, 83, 88-92, 95-101, 105-07, 109, 112, 116, 157-59, 175, 177, 185
原子未満の粒子　subatomic particles　51
現実の　real　83, 93-4, 98-102
元素　elements　21, 37, 52, 87-8, 91
光子　photons　174–79, 182-85
恒星　stars　20, 23-7, 31, 35-8, 40, 54, 114
小型望遠鏡／琥珀の望遠鏡　spyglass　165-66
コスモス　Cosmos　26-7, 31-7
コペンハーゲン解釈　Copenhagen Interpretation　89, 93-7
コンパクト化されたひも　compactified strings　112-13
コンピュータ　computers　21, 59-61, 72, 81, 83, 97-8, 108, 110, 124-28, 177-79, 183-84
　情報ビット　information bits　183-84
　超高速　superfast　179

さ行

酸素分子　oxygen molecules　20-1
CDM　⇒冷たい暗黒物質(Cold Dark Matter)を見よ
色彩、色　colour　22-3, 45-6, 56-7, 87, 106, 154-57, 162-67, 176-77, 193
時空　spacetime　110, 114, 116-18
自然選択　natural selection　138-39, 142
磁気　magnetism　17, 47, 49-50
磁気圏　magnetosphere　54-5, 62
磁鉄鉱　lodestones　47, 49, 169, 180
磁場　fields, magnetic　50, 52-5, 60, 177
自由意志　free will　129-30

さくいん

あ行

明るさ　brightness　16, 25, 38
天の川銀河　Milky Way Galaxy　26
暗黒物質　dark matter　30-1, 40-1, 71, 152
イオン　ions　53-4, 58
動き　movement
　銀河の　of galaxies　33, 36, 39-40
　空間次元　space dimension　103, 109, 112, 114, 118
宇宙空間　space
　次元　dimensions　103
　引き伸ばす　stretching　114-18
ヴードゥー　voodoo　180-82
エヴェレット、ヒュー　Everett, Hugh　102
『易経』『変化の書』　I Ching　71-6, 81-2, 136, 189

か行

ガイア　Gaia　148-49
カオス　chaos　131
核融合　nuclear fusion　24, 37
数（無理数）　numbers, irrational　126-28
加速器　accelerators　35-6
可能性　chance　89-92
キュービット　qubits　185

◆著者◆

Mary & John Gribbin　メアリー&ジョン・グリビン

グリビン夫妻はイギリスのサイエンスライター。ジョンは1971年にケンブリッジ大学で天体物理学の博士号を取得し、現在はサセックス大学の天文学研究者。量子物理学ガイドの決定版 *In Search of Schrödinger's Cat* が有名。その著作は100作にのぼる。夫妻はイングランドのサセックスに在住。

◆訳者◆

松村伸一　まつむら・しんいち

青山学院女子短期大学准教授。英文学者。共訳書にジョン・A・ブルックス『倫敦幽霊紳士録』(リブロポート)、ブラム・ダイクストラ『倒錯の偶像──世紀末幻想としての女性悪』(パピルス)、『トマス・ド・クインシー著作集II』(国書刊行会)、『ウォルター・ペイター全集I』『ウォルター・ペイター全集II』(筑摩書房) などがある。

フィリップ・プルマン
『ライラの冒険』の科学

初版第一刷発行　二〇〇八年三月一五日

著　者　メアリ・グリビン／ジョン・グリビン
訳　者　**松《まつ》村《むら》伸《しん》一《いち》**
発行所　株式会社　松柏社
〒112-0072　東京都千代田区飯田橋一-六-一
電話〇三(三二三〇)四八一三
電送〇三(三二三〇)四八五七
装　幀　小島トシノブ＋齋藤四歩(NONdesign)
印刷所　モリモト印刷株式会社
定価はカバーに表示してあります。
落丁本・乱丁本は送料小社負担にてお取り替えいたします。

Printed in Japan
ISBN978-4-7754-0146-0